約會大作戰

ANOTHER ROUTE

橘 公司
大森藤ノ
志瑞 祐
東出祐一郎
羊 太郎

Kadokawa Fantastic Novels

彩頁／內文插畫　つなこ

DATE A LIVE ANOTHER ROUTE つなこ **TSUNAKO**

Kadokawa
Fantastic Novels

SPECIAL ILLUSTRATION | 森沢晴行 HARUYUKI MORISAWA

SPECIAL ILLUSTRATION | NOCO

SPECIAL ILLUSTRATION | はいむらきよたか KIYOTAKA HAIMURA

精靈
THE SPIRIT
存在於鄰界，被指定為特殊災害的生命體。發生原因、存在理由皆為不明。
現身在這個世界時，會引發空間震，給周圍帶來莫大的災害。
再者，其戰鬥能力相當強大。
處置方法1
WAYS OF COPING 1
以武力殲滅精靈。
但是如同上文所述，精靈擁有極高的戰鬥能力，所以這個方法相當難以實現。
處置方法2
WAYS OF COPING 2
——與精靈約會，使她迷戀上自己。
約會大作戰
ANOTHER ROUTE
DATE A LIVE ANOTHER ROUTE
SpiritNo.10
AstralDress-PrincessType Weapon-ThroneType [Sandalphon]

DATE A LIVE

ANOTHER ROUTE

DATE A LIVE ANOTHER ROUTE

DietTOHKA

Author: Taro Hitsuji

十香減肥記

羊太郎

「喔喔，好好吃喔！士道！」

今天五河家的客廳也響起十香欣喜的聲音。

時刻為晚餐時間。

餐桌上擺放的士道特製焗烤與烤雞散發出令人食指大動的香氣。

「哈呼！好燙！可是，好好吃！在口中擴散開來的濃郁白醬，實在美味至極！烤雞也香香辣辣的，感覺……總之就是很好吃！」

「哈哈哈，這樣啊。那真是太好了。」

看見十香開心地大快朵頤，士道也愉悅地笑了。

「看妳吃得津津有味，我做菜也做得很有成就感呢。菜還有很多，盡量吃。」

「再來一盤！」

十香立刻遞出清空的焗烤盤，士道苦笑著接下，走向廚房。

琴里隨意望了士道的背影，在同樣用湯匙吃著焗烤的空檔開口：

「話說回來，士道，你最近是怎麼回事？」

「嗯？」

「我知道你本來廚藝就不錯啦……但是最近好像愈來愈精湛了？」

「沒錯。士道的廚藝如今可說是高超到能開店的程度──接近專業人士了。」

占據餐桌角落的折紙一樣吃著焗烤說道。

「從二十八天前晚餐做的萵苣炒飯開始，味道就明顯產生了變化。之後士道做的所有菜餚就上升了一個等級。」

「哦？妳也有感受到嗎，折紙？」

「妻子仔細品嚐丈夫做的菜是天經地義。不過，這也是個重大事態。雖說現在這個時代由夫妻共同分擔家務是理所當然，丈夫的廚藝要是太精湛，妻子可就無地自容啦。」

「妳、妳到底在胡說些什麼啊！」

十香「喀噹！」一聲站起，對折紙吼叫。

兩人就這麼脣槍舌戰了起來。琴里不予理會，催促士道繼續剛才的話題。

「……所以？實際上是發生了什麼事？」

「啊～～其實啊──」

站在廚房的士道從鍋子裡舀起白醬，盛到十香的盤子裡，撒上起司，放進烤箱。

「我最近迷上『MyTube』的做菜影片，學到了不少便宜又美味的烹飪技巧。」

「原來如此，真是家庭主夫的典範啊。」

「而且，十香吃得很開心，我也愈做愈起勁……」

士道與琴里瞥了十香與折紙一眼，發現兩人正在激烈地搶奪雞肉。

「話說，琴里，妳要不要再來一盤？還有很多喔。」

「唔～～……我先不要好了。老實說，因為太好吃，會害我不小心吃太多。」

「是嗎？這樣的話，我今天實在是有點做太多了吧。」

士道看著鍋子裡的食物，露出苦笑。

「放心吧。從最近的狀況來判斷，十香應該會全部解決。」

「也是。」

在兩人交談的這段期間——

沒多久，烤箱裡的焗烤便香噴噴地出爐了。

士道戴上隔熱手套，將烤得熱騰騰的焗烤盤端到十香面前。

「烤好嘍。」

「喔喔……！」

十香的心思立刻從折紙轉移到焗烤上。

接著將焗烤吹涼，又開始津津有味地吃起來。

轉瞬間便一掃而空……

「再來一盤！」

「是是是。」

士道接過十香興高采烈遞出的焗烤盤，露出苦笑，再次走向廚房。

「唔……就算我再怎麼喜愛丈夫做的料理，也追不上十香的食慾……」

折紙懊惱不已。

「就算這樣，也不要偷偷把烤雞裝進保鮮盒好嗎？而且那是士道吃到一半的吧？」

琴里抓住折紙的手臂。

不久後，廚房的烤箱再次飄散出起司的焦香味……

「烤好了喲。」

「喔喔……！」

十香露出閃閃發光的眼神，看著端到眼前冒著熱氣的焗烤。

某天的五河家晚餐時光就這麼慢慢流逝……

每天都能品嚐到許多士道做的美味菜餚……十香感到無比幸福。

不過，日後的十香卻無預警地被推進地獄深淵。

——

今天是都立來禪高中的體檢日。

「呀～～！我又變胖了～～！會被男友嫌棄啦～～！」

「[redacted]公斤實在是不太妙呢，美香……」

「嗚嗚……得減肥了……」

在女生們吵吵嚷嚷的時候——

嗶～～

響起一聲冰冷無情的電子音。

「……[redacted]公斤。好，下一位。」

彷彿閻羅王審判，冷酷地宣告數字。

「唔？」

十香一頭霧水，呆若木雞。

穿著體育服的她呆愣地站在體重計上。

「等、等一下……我聽不懂妳在說什麼。」

「[redacted]公斤，就是字面上的意思。下一位。」

中年女性體檢醫推了一下眼鏡，淡淡地說道。

「那、那難不成……是我的體重？不是身高或胸圍？」

「如果是，也是個大問題吧。下一位。」

「等、等一下！一定有哪裡弄錯了！我的體重怎麼可能是[redacted]公斤……！」

體檢醫催促十香趕快換下一個人檢查，但十香不死心地連忙追問：

「沒錯，下一位。」

「那個機器，應、應該是壞掉了吧？」

「沒壞，今天早上才調整確認完畢。下一位。」

「一、一定是這件體育服太重了……！只、只要全部脫掉……！」

脫！脫！脫！

「不要真的脫掉好嗎？早就事先減掉衣服的重量了，況且衣服再重也不會動到公斤數。下一位。」

「才沒那回事！剛才是我太疏忽大意了！只要我鼓起幹勁認真量——」

「只站一隻腳也沒用。下一位。」

不過，只穿著內衣褲的十香還是不屈不撓，一下輕輕站上體重計，一下站在體重計的邊邊，

一下又踮起腳尖量，不斷地各種掙扎。

然而——

嗶～～

「[redacted]公斤。好，下一位。」

呈現在十香面前的卻是無比殘酷的現實。

「怎、怎麼會……為什麼會這樣……！」

十香凝視著燦然刻劃在診斷結果表上的「[redacted]公斤」，不停顫抖。

「……呵！」

不知何時從後方窺視這一幕的折紙露出輕蔑的微笑。

「折、折紙！妳、妳看到了嗎！」

「看到了，好淒慘的數字。」

平常像人偶般感覺不到情緒起伏的折紙，如今卻散發出些許優越感。

「妳的體重增加的速度已經不能說是女孩子了，而是肥豬。」

「妳這樣說未免太誇張了吧！」

「比上次體檢時重五公斤。以此類推，下次就會重十公斤，再下次就會重十五公斤。」

「妳那是什麼單純的類推！」

十香氣憤地揪住折紙的體育服前襟。

「那、那妳的體重又是多少，折紙！」

「我嗎？」

於是，折紙淡然打開自己的診斷結果表。

「唔……竟然是……▲▲公斤嗎……？」

「理想的模特兒體重。確實維持自己的體型以便經常激起丈夫的性慾，是妻子的職責。」

雖然聽不太懂折紙在說什麼，但十香有種輸得一敗塗地的心情。

「誰教妳最近什麼都沒想，就不停狂吃士道做的大量料理。」

「唔唔……」

「士道肯定也會對肥胖的妳感到幻滅。」

「什麼！少騙了！士道才不會那麼想——」

「我是完全不想對敵人伸出援手啦，不過……這樣好嗎？」

「妳、妳是指什麼……？」

「男女之間的愛情必須雙方一起努力維持才是長久的祕訣。

比方說，兩情相悅而結婚的夫妻在新婚期間打得火熱，但丈夫看到在婚姻生活中逐漸變肥變醜的妻子，愛情也會像蠟燭燃盡一般逐漸冷卻……

不久，對妻子失去『性』趣的丈夫不斷跟年輕的美女外遇，最後導致婚姻破碎。妻子離婚後落得孤獨死的下場……懂嗎？那就是妳的命運。」

「我知道妳在說非常沒禮貌的話喔！」

姑且不論折紙莫名其妙的言論。

「總、總之……妳的意思是，照這樣下去，我可能會被士道討厭……是嗎？」

「沒錯。總之再這樣下去，妳在下下下次體檢時會重二十公斤……如果是我，會想自殺。」

「就說不要用那種單純的類推了！」

話雖如此——

現在十香的體重已經增加到無法漠視的地步是不爭的事實。

（[redacted]公斤……）

十香與診斷表大眼瞪小眼。

的確……再這樣胖下去就完蛋了。

她並不是肯定折紙單純的類推方式……但再繼續下去，很可能會胖到無可挽救的地步。

雖然她不認為那個溫柔的士道會因為自己增加了一點體重就突然嫌棄自己。

不過折紙剛才那番話在十香內心種下了不安的種子。

令她不禁胡思亂想——

『我對棉花糖女孩沒興趣呢～～要我對那種體型妥協，還不如選擇像折紙那種漂亮的模特兒身材，超讚的啦～～十香作為女人已經沒救了啦～～』

（不、不行不行，我不要這樣！我絕對不想被士道討厭！）

十香用力搖搖頭，然後下定決心。

（我要減肥！絕對要恢復原本的體重……！為了不被士道討厭！）

就這樣——

一個弄不好便可能毀滅一座城市，擁有如此強大力量的至高存在——精靈，其前所未聞的減肥生活悄悄拉開序幕——

「確實，聽折紙這麼一說，我最近好像真的吃太多了。」

放學後。

十香踏上前往五河家的歸途，一邊擬定接下來的減肥計畫。

「但我也沒辦法，誰教士道最近做的菜太好吃了，害我不知不覺吃太多。」

十香大概翻閱了一下從圖書室借來的減肥書。

「唔～～看不太懂，總之就是提高基礎代謝、調整消耗跟攝取的熱量……換句話說，最好的方法就是少吃多動。」

要少吃士道做的美味料理實在太令人難過了……但一切都是為了瘦身。

更重要的是，為了不被士道討厭。

無奈歸無奈……

只能下定決心了。

「好！加油吧！我要把心變成魔鬼，狠下心來減肥！」

十香氣勢高漲地如此說道。

抵達五河家，打開玄關的門。

喀嚓。

結果，立刻從家裡飄出打擊心中魔鬼的甜蜜香氣。

「……唔！」

『太危險了。』

『不能再前進了。』

心中的魔鬼發出瀕死的聲音警告，十香卻宛如被賽蓮女妖的歌聲所吸引，搖搖晃晃地走向客廳……

「喔喔，妳回來啦，十香。」

一踏進客廳，站在廚房的士道便發出有些雀躍的聲音迎接她。

「士、士道……你到底在做什麼？」

「嗯？我在做甜甜圈啊。」

士道從滋滋作響的油鍋撈起剛炸好的甜甜圈，擺在瀝油盤上。

誘惑的甜蜜味道是從哪裡發出來的，已經不言而喻。

「什麼──！你、你說甜甜圈！」

「是啊。我常看的『MyTube』頻道上傳了在家也能簡單製作的道地甜甜圈做法，我就馬上動手試做了。」

剛做好的美味甜甜圈在餐桌上的大盤子裡堆成一座小山，四糸乃與七罪正興高采烈地大快朵頤。

「好、好好吃喔……超級好吃。」

「好厲害！這可以媲美店裡面賣的了吧？不對，剛炸好這一點，或許更勝一籌……」

「士道真的好厲害喲～～！當你老婆的人真是幸福呢～～」

「哈哈哈，聽妳們這麼誇獎我，我做得也很有成就感呢。」

看見四糸乃（&四糸奈）與七罪的模樣，士道也倍感欣喜。

「所以，十香，妳也別呆站在那裡，快點把書包放好，手洗一洗。我現在就幫妳泡茶。」

「……咦？」

士道理所當然般說道，十香表情呆愣地望向他。

「嗯？妳也要吃甜甜圈吧？」

「——唔！」

十香不禁無言以對，僵在原地。

士道只是一如往常露出溫和的笑容……然而對現在的十香來說，那就像是惡魔在誘惑人，使人墮落的妖魅笑容。

「不、不了，士道……說到這個……其實我沒那麼餓……」

咕嚕嚕嚕～～

被甜蜜的香氣刺激，十香的肚子發出叫聲。身體倒是非常誠實。

「唔、唔唔唔唔唔唔唔。」

「哈哈哈，別客氣啦。妳看……我炸得滿成功的喔。」

士道將誘惑（甜甜圈）的果實湊近十香的鼻尖。

四糸乃等人吃著甜甜圈，直說好吃。
十香的喉嚨順從人類原始的本能，自然地嚥了一口口水……
「唔！」
十香抱著一絲希望，翻開夾在腋下的減肥書。
（我記得……應該有在減肥中可以吃的低熱量食物跟不能吃的高熱量食物……甜、甜甜圈呢……？）
十香的希望落空，甜甜圈記載在黑名單上，還仔細畫上紅色叉叉。名列禁食排行榜第一的食物，根本沒有看錯的餘地。
這也是理所當然的事。甜甜圈是牛奶、奶油、麵粉、砂糖、雞蛋、致命的炸物……高熱量的魔王。
「嗯？怎麼了？十香，妳不吃嗎？還滿好吃的耶。」
士道也捏起一個剛炸好的甜甜圈品嚐。
猛烈的食慾和飢餓感冷不防襲擊十香。飢餓的吸血鬼湧起想吸血的衝動就是這種感覺嗎？
（不行，十香！撐住啊！）
這時，十香心中的魔鬼（瀕死）發出悲痛的吶喊。
（妳不是發誓要瘦下來，不讓士道討厭嗎？那麼快就要打破誓言了嗎？）

十香的心境彷彿在絕望的戰場滿身瘡痍的士兵，她抬起頭……然後開口：

「抱、抱歉，士道！其實我討厭吃甜甜圈！所以——」

那一瞬間——

十香——看見了。

士道並沒有收起他那溫和的笑容……但有那麼一瞬間透露出些許寂寞與苦澀的情緒。

「這、這樣啊……那就沒辦法了……抱歉，我不知道妳討厭甜甜圈，竟然擅自做了妳不喜歡吃的東西……」

「咦！不、不是……那個……呃……士道，我……！」

跟士道有一定交情的十香輕而易舉便能想像——

——士道看完烹飪影片，下定決心做這道料理，出門努力買齊食材，興奮地心想：「不知道大家會不會開心……」奮力做著甜甜圈，一心等待十香歸來的模樣和背影。

好痛。心好痛。

自己剛才是不是犯下了無可挽回的錯誤……正當十香倍感自責時——

「嗯？十香，妳不喜歡甜甜圈嗎？是無所謂啦，但妳要不要吃一個看看？我沒在客套，這真的超好吃。」

「沒、沒錯……沒吃過就討厭……感覺好可惜喔……」

沒想到七罪與四糸乃竟然幫十香找臺階下。
現在兩人在十香眼中，就像是神聖的大天使。
「喔、喔喔！說、說得也是！沒吃過就討厭的確不好！那麼，我就嚐一個看看，士道！」
十香接過甜甜圈，咬了一口。
雖然是預料中的事——
士道特製的甜甜圈當然超級美味。
「士道，好好吃……好好吃喔……我怎麼……淚流不止。」
「喔、喔喔喔，沒想到妳那麼喜歡！還好我有做！要再來一個嗎？」
「要。」
十香心中的魔鬼——已經變得一片死白，沒了氣息。
結果堆積如山的甜甜圈一個都不剩地一掃而空。

——幾天後。

「嗚嗚嗚嗚嗚嗚……不妙啊……」
晚餐後，洗完澡。

十香在更衣間的體重計上，臉色鐵青地顫抖著。

「體、體重又增加了一點。」

從健康檢查那天起，十香依照自己的方法努力地減肥。

查詢各種書籍的結果，發現只要增加基礎代謝量和消耗的熱量……也就是增加肌肉，努力運動，應該就能瘦下來。

所以避人耳目，偷偷鍛鍊肌肉，晚上還去慢跑。

可是，感覺完全沒有效果。

因為——

「士道做的菜太好吃了！已經算是犯罪等級了！」

十香抱頭對天花板大吼。

沒錯，最近士道做的東西愈來愈好吃，愈來愈道地。

今天一定要減少食量、這次一定要吃八分飽就好——宛如在嘲笑十香的決心，士道接二連三端出美味的新作料理。

十香心中的魔鬼每次復活都被秒殺，如今已是一具任憑食慾驅使，晃蕩徘徊的喪屍。

「剛才的晚餐也有剛炸好的酥酥脆脆的炸蝦……剛炸好未免太奸詐了吧，剛炸好的！士道是想讓我肥死嗎？」

減肥十香

想當然耳，十香還是一碗接一碗吃下肚。

「唉～～不行。這樣下去，那個折紙說的話就會成真了……」

十香摸了摸自己的身體，感覺……肚子周圍和上臂多了一點肥肉。不妙啊。

沒有什麼好辦法嗎？

嘆著氣換上睡衣的十香一回到自己的房間便飛撲到床上。

「對了……士道說他是在『MyTube』這個影音平臺學做料理的……」

十香倏地坐起身。

「雖然不太清楚，好像可以從上面學到各種事情的樣子。那麼，是不是也能從上面學到順利瘦身的方法……？」

十香坐到自己的書桌前。

那裡放著〈拉塔托斯克〉提供的筆記型電腦。

雖然對使用方法一知半解，幾乎從來沒碰過，如今十香以抓住救命稻草般的心情，打開那臺筆電，開啟電源。

「……唔？是這樣嗎？嗯嗯？」

然後對不習慣的電腦操作進行一番苦戰，打開網頁，終於進入「MyTube」。

「這就是傳說中的『MyTube』嗎……希望可以獲得有幫助的資訊。」

不過，十香第一次接觸「MyTube」，完全不知道該從哪裡搜尋，又該如何查詢資料。

「唔……好難喔。總之，先隨便操作看看……」

十香先點開在網站首頁看見的其中一個影片縮圖。

於是——

「唔？這是什麼？」

在十香面前開始了正片之前強制播放的廣告宣傳影片。

十香瞪大雙眼。奇怪的動畫短劇開始播放。

『以前肥胖又沒男人緣的我竟然被帥哥青梅竹馬告白，現在恩愛又幸福到極點！』

『我，明美，是個女高中生，跟青梅竹馬阿廣每天過著還算開心的日子！

阿廣跟從小胖到大，個性陰沉又沒男人緣的我不同，長得非常帥氣，總是桃花朵朵開！

而阿廣對這樣的我也很溫柔，總是保護被人嘲笑的我……我最喜歡如此溫柔的阿廣了！

不過，我不奢望能跟他有進一步的發展……只要能待在他身邊，我就心滿意足了……我一直是這麼想的。』

「啊，明美……！嗚嗚……多、多麼堅強的女孩啊……！」

十香看得目不轉睛。

『可是有一天，我看見阿廣和一個我不認識的可愛女生一起回家……我果然不想放棄阿廣！所以，我決定減肥，讓阿廣回頭！

不過無論我怎麼努力，都完全瘦不下來……！』

「我懂！我懂妳，明美！妳也下了一番苦功嗎！」

十香看得目不轉睛。

『當我感到無比絕望時，遇見了這瓶保健食品！

當時的我萬萬沒想到……多虧這瓶保健食品，自己的人生竟會煥然一新！』

「唔？保健食品？那是什麼？」

十香看得目不轉睛。

於是——

「嗯？咦？什麼——！」

十香眼看著影片中的圓臉胖妞轉瞬間瘦了下來，逐漸變成一個超級可愛的美少女——

『這、這就是真正的我嗎……？食量完全沒變，只是吃了這瓶健保食品，竟然就變得這麼瘦……！好厲害！』

「嗯！好厲害！」

十香與影片中的女孩不約而同地感到吃驚。

之後的發展一帆風順。

蛻變成美女的明美——

或許是因此得到了自信，個性不再陰沉，稱霸學校階級的金字塔頂端，立刻躍升為班上最受歡迎的人物。

被美麗的明美吸引而向她告白的男生絡繹不絕，然後——

『明美……其實我喜歡妳很久了……雖然我覺得像我這種人根本配不上妳……』

『才沒那回事呢，阿廣！我也喜歡你很久了……！』

終於如願以償和帥哥青梅竹馬阿廣兩情相悅。

之後每天就過著幸福快樂的恩愛生活……

「嗚嗚……太好了！太好了呢，明美！真是太好了！」

十香淚眼汪汪地祝福兩人展開嶄新的生活。

「不、不過，明美吃的那瓶保健食品還真厲害呢！有辦法那麼容易就瘦下去嗎！」

十香聚精會神地盯著那支廣告影片介紹的保健食品。

只要一天三次，飯後吃三顆便能立即見效的樣子。

雖然搞不太清楚，好像是某個厲害的研究機構開發出來的保健食品，某位了不起的大學教授也經由科學證實它的效果。

另外，某位知名的藝人和運動員也愛用這項產品。

「這……這是可信的產品！」

雖然好像「效果因人而異」，但那只是小問題吧。

只要吃這個就能瘦下來。

不用因為發胖而被士道嫌棄。

「不過……這麼有效的藥……一定很貴吧……」

十香如此思考……就在這個時候。

「什、什麼！平常售價要兩萬圓，從這個影片提供的網頁連結購買的話，只要五百圓！而且不會再有如此的破盤價！那我千萬不能錯過這次機會……！」

看見廣告影片最後播放的資訊，十香連忙操作滑鼠——

——

「士道！再來一碗！」

「是是是。」

五河家的餐桌上。

一如往常能聽見十香精神奕奕要求再來一碗的聲音，也能看見面露喜色回應她的士道。

今晚的菜色是起司漢堡排。

是最近廚藝越發精湛的士道看影片研究做出的令人食指大動的佳餚。

「好吃！太好吃了，士道！」

「是、是嗎！那就好！其實我對今天做的菜很有自信呢。」

看見十香吃得津津有味的模樣，士道也露出笑容。

「這道菜的確好吃得令人無法反駁……但十香最近真的很會吃呢。」

琴里也感到有些傻眼。

「嗯！因為很好吃啊！多少我都吃得下！」

十香眉開眼笑地將漢堡排送往口中的叉子完全沒有要停下的跡象。

一如往常不知何時加入五河家餐桌的折紙見狀，在十香耳邊竊竊私語：

「……妳吃這麼多沒關係嗎？妳的體重……」

「唔？什麼啊，折紙，妳是在擔心我嗎？」

「並沒有。」

折紙並未顯露出太多情緒波動，撇過頭如此回答。

「呵！放心吧。因為我找到了超棒的減肥方法！」

「……？」

「呵呵！只要在飯後吃三顆那個，吃再多都完全沒問題！」

「我是搞不太清楚，但妳說沒關係就好。」

看見十香自信滿滿的態度，不知折紙是表示理解還是失去興趣——

她只是默默地再次回到原本在做的事情上。

「就說了，不要把我家餐桌上擺的料理裝進保鮮盒啦！而且，那個漢堡排是士道還沒吃完的吧？妳再這樣，我要報警了喔。」

琴里抓住折紙的手臂。

折紙露出一副「這傢伙在說什麼鬼話啊」的表情，望向琴里。

就在這時——

「其實，我還烤了蘋果派當甜點喔！」

士道端了一大盤看起來十分可口的蘋果派過來。

「喔、喔喔喔喔……！我要吃！我當然要吃！」

「啊哈哈！哎呀，有十香在，我做菜真的很有成就感呢。」

看見十香和其他人笑嘻嘻用餐的畫面，士道也自然綻放出笑容。

「……這種感覺真好，大家像這樣圍著餐桌一起吃飯。」

「什麼？士道你怎麼了？是發燒了嗎？」

「沒有啦。只是覺得這樣平靜的時光能一直持續下去就好了。」

「……嗯，就是說啊。」

愛挖苦人的琴里對這番話也沒有異議的樣子。

平靜的晚餐時光就在這樣的氣氛下度過——

———

——幾天後。

一件緊急事態毫無預警地降臨。

因為一項突如其來的報告，導致〈拉塔托斯克〉的空中艦艇〈佛拉克西納斯〉內天翻地覆。

「這究竟是怎麼回事？」

艦橋上響起尖銳的警報聲，與琴里的怒吼聲合奏。

「為什麼在事情演變成這樣之前都沒發現！監視班到底在做什麼！」

〈佛拉克西納斯〉的船員們在琴里周圍來回奔忙，不斷操作各種測量儀器，騷動大得難以處理。

「令音！令音！」

「……嗯，我在這裡。」

連老是一副慵懶、低血壓的樣子的〈佛拉克西納斯〉分析官令音，表情也微微透露出緊張。

「……事態太過突然。時刻是今天晚上七點三十三分……通常是人們吃完晚餐該去洗澡……這樣的時段吧。上述的監視對象，精神狀態突然產生劇烈的變化。」

「這、這是什麼啊……！」

琴里看見傳輸到螢幕的資料後，吃驚得瞪大雙眼。

「各種精神狀態程度都是前所未見的糟糕！士道封印的精靈之力完全在逆流！」

「……不僅如此，現在的她精神極度不穩定，已經無限接近〈反轉體〉的狀態。要是再這樣放任下去，無法預測會造成天宮市多少損害。」

反轉體——那是精靈的精神陷入絕望的深淵時，蘊藏在身體的靈魂結晶反轉而變質的姿態。

如此一來，精靈便會化為毀滅一切的殘酷破壞神——

「唔！她到底發生什麼事了……！總之，趕快誘導周邊市民前往避難所緊急避難！」

「……那妳打算怎麼做？」

「我當然——也會出馬。」

——

「十香~~~~~~——！」

士道朝天空吶喊。

上空飄浮著以靈裝完全武裝的十香。

她全身充滿壓倒世間萬物的強烈靈力，如魔王般睥睨著底下。

「為什麼啊，十香！妳到底發生什麼事了！」

「被騙了。」

十香以染上深深絕望的眼神俯視著表情悲痛的士道，述說：

「士道……我被騙了……被人類欺騙了。」

「妳說……什麼……？」

「然後，我想起來了……人類終究是無法信任的生物！」

「怎、怎麼會……」

「士道，我果然無法相信人類……！我再也不相信任何人事物了……！我已經無法保持原來的自我了！」

轟！

十香全身湧現更巨大的靈力。

「嗚哇啊！」

士道被靈力的衝擊波震飛，翻滾在地。

事態似乎已經來到無可挽回的地步。

究竟是什麼事讓十香感到如此絕望……有人欺騙她又是怎麼回事……士道一無所知。

「可惡……都是我不好……」

士道陷入深深的自責，無力地敲打地面。

「我明明在她身邊……卻沒有發現她的煩惱……！要是我更關心她，或許就能……防止這種事發生了！」

「沒錯……我會變成這樣都是你害的，士道。」

「果然是這樣嗎……！」

士道再次敲打地面。拳頭裂開，滲出鮮血。

「可惡……都是我害十香……我害的……都是我的錯……」

就在士道像這樣懊悔不已時——

「現在放棄……未免太早了吧！」

「就是說呀！真不像你的個性呢！士道！」

兩名少女出現在士道面前。

是四糸乃與七罪……兩人都穿著靈裝。

「四、四糸乃……七罪……！」

「沒什麼，這也可以當作是能踢掉情敵的大好機會。」

又一名宛如白色天使的少女出現在士道眼前。是同樣身穿靈裝的折紙。

「不過不幫忙實在過意不去。我可不是要幫十香，而是幫你，士道。」

「連折紙都來了……！」

然後——

「幹嘛沒骨氣地在親地面啊，你喜歡平坦的類型嗎？真是懦弱呢，士道。」

披著深紅色軍服，嘴裡含著加倍佳棒棒糖的琴里也出現了。

「我不是說了嗎？〈拉塔托斯克〉是為了你而創立的機構。只要你有意志對抗這種令人束手無策的荒誕狀況，我們就會全力支援你。」

「琴、琴里……」

「另外，士道，關於精靈，無論遇到什麼樣的困難，我們該做的永遠只有一件事……不管狀況有多麼絕望……不是嗎？」

面對琴里的鼓勵——

看見所有為他趕來的人們可靠的身影——

士道的靈魂燃起炙熱的火焰。

「……說得也是，要放棄還太早。嗯，就像往常一樣去做吧！我不會放棄！絕對要拯救十香！各位，請助我一臂之力！」

「哼！這樣才對嘛。」

聽見士道的宣言，琴里滿足地露出狂妄的笑容，仰望天空宣告：

「好了……開始我們的〈戰爭（DATE）〉吧。」

——就這樣，一如往常經歷了一番戰鬥之後——

「我減肥失敗了啦～～～～～～～～～～～～～——！」

一波三折後，總算順利成功封印十香靈力的士道聽見這個理由，頓時全身虛脫。

「喂——十香！妳差點反轉的理由真的是這樣嗎！不會吧！」

「嗚嗚……抱歉……我相信的保健食品完全沒效……反而還變胖了……」

一如既往靈裝變得破破爛爛，呈現半裸狀態的十香紅著臉頰，淚眼汪汪地撇過頭。

「再怎麼樣，就因為這點理由……對吧！」

士道回過頭望向其他人，徵求她們的同意。

「不過，我懂呢。」

「我可能……明白她的心情。」

「我懂我懂。」

「要是我，會自殺。」

「真的假的！」

看見女生們大多是肯定的反應，士道只能驚慌失措。

「真的很抱歉……我不想因為發胖……而被你嫌棄……就拚了命地努力想瘦下來，卻完全沒用……」

十香垂頭喪氣，淚水滑過她的臉龐……就在這時——

「抱歉，十香！」

士道突然低頭向她道歉。

「士、士道？」

「都是我不好！最近我做很多菜，十香都吃得津津有味，所以我就得意忘形了！既然要做菜，就必須考慮到營養均衡跟健康才行！」

「別這麼說……士道真的完全沒錯！錯的是管不住自己的嘴，吃太多的我……！」

「即使如此，我還是覺得這次的事情我也有責任。所以，讓我負起這個責任吧。」

「唔？你說要負責？」

聽見士道出乎意料的提議，十香眨了眨眼。

「負責？士道，不行，用不著對那種女人負責。將來要讓士道負責的，是我本人——」
「嗯，他百分之百不是那種意思，妳可以退下嗎？」
琴里翻了白眼，抓住想跑到士道身邊的折紙的手臂。
士道不理會兩人，對十香說：
「以後我會好好顧及營養均衡和計算卡路里，做出健康又美味的低熱量料理。『MyTube』上面也有介紹這種料理。」
「士、士道……」
「不用勉強減肥，只要改善平常的飲食習慣，也能充分顯現出效果喔。放心吧，十香。妳一定能馬上恢復成以前的體重。」
士道鼓勵十香，拍了拍她的肩。
「嗚嗚，士道……士道……謝、謝謝你……嗚嗚……」
十香感動萬分地緊抱住士道。
「終於解決了……這件事呢……」
「唉～～真是虛驚一場。」
四糸乃露出苦笑；七罪則是露出傻眼的表情。
「讓士道那麼不辭辛勞……我果然不該錯過那個大好機會的。」

折紙嘴裡叨念著有些嚇人的話。

琴里看了一下其他人，也嘟噥道：

「話說回來，竟然因為減肥失敗就差點反轉……精靈還真是有太多令人無法理解的事呢。要不要告訴令音，以後不只要監測精靈的精神狀況，連詳細的體重變化也不能放過……」

就這樣——

這場源自體重的騷動平安落幕。

然後——

「士道！今天的菜也很好吃喔！再來一碗！」

「好，今天的菜都很健康，放心大吃吧。」

五河家的餐桌上。

一如往常能聽見十香吃得津津有味的開朗聲音，也能看見面露喜色回應她的士道。

「唉～～當時我真的很擔心不知道會怎麼樣呢。」

琴里吃著士道特製的蔬菜炒肉（果然很好吃），嘟噥道：

「從那天起，士道徹底執行低卡里路的健康餐，還有〈拉塔托斯克〉全體總動員擬定的減肥計畫……這些做法奏效，讓十香順利恢復原來的體重，真是太好了……」

接著望向坐在隔壁的折紙。

「也感謝妳陪十香參與瘦身運動計畫。多虧妳，十香才能有效率地消化運動課程。」

「沒什麼。同樣身為女人，我有點同情她。」

「嗯。我是很感謝妳啦，但把士道沒吃完的料理裝進保鮮盒……算了，我懶得吐槽了。」

琴里放棄糾正。

「不過……吃太多跟體重……我們也得注意……才行呢。」

「真的。一旦大意，士道就會不斷做出好吃的食物。」

四糸乃與七罪也露出複雜的表情苦笑。

「唔，關於這件事，我也有在反省了……以後就算要做料理，也會好好考慮妳們的健康。」

士道也搔著頭苦笑。

「不過，幸好有順利瘦下來！所以我又能繼續吃士道做的美味餐點了！」

十香本人心情絕佳。

「那個……雖然發生過許多事，以後也請你多多指教了，士道。」

「嗯，交給我吧。五河家的餐桌由我來守護！」

士道挺起胸膛回答害羞的十香。

少年少女們平靜又快樂的用餐時光緩緩流逝——

DATE A LIVE ANOTHER ROUTE

RacingNATSUMI

Author: Yu Shimizu

賽車七罪

志瑞祐

「……十香，沒問題嗎？」

「嗯，沒問題。我相信士道。」

士道一臉不安地詢問十香；十香則自信滿滿地如此回答。

從她的聲音可以感受到她對士道強烈的信任。

「那我們衝嘍。」

士道點了頭，抓住十香的身體。

嘰～～～～～～～～～～——！

喀嘰一聲，按下開關。

◇

某個假日，士道在超市買完晚餐的食材後回家的路上。

剛好經過公園前面時——

唰————！

聽見不熟悉的聲音。

「……嗯？」

他皺起眉頭，循聲望去。

「上啊～～麥格農～～～！」

「別輸了，索尼克～～～！」

幾個小學生聚集在公園的滑梯周圍，發出歡呼聲。

「哼，用這種配置就想贏我的〈超級七罪特別號〉，再等個一百年吧。」

……不對，裡頭混了一名不是小學生的少女。

不可能看錯。那身鬆垮的超俗氣運動服，以及那頭亂翹的頭髮。

無庸置疑是七罪。

「……七、七罪她在幹什麼啊？」

士道滿頭問號地觀察情況。

在公園掀起沙塵全速奔馳的，似乎是賽車模型。

士道不太清楚，記得應該是靠電池和馬達發動的「四驅車」賽車玩具。

不僅價格實惠、容易組裝，又能訂製豐富的零件，也有不少大人沉迷，在全國掀起空前的熱潮……的樣子。

奔馳於公園的「四驅車」當中，也有速度快人一等的車，一下子就超越其他車子，撞到終點的牆壁而停下來。

「七罪姊姊好厲害喔～～～～！」

「要怎麼改造才能跑這麼快？」

「哼、哼……這種程度，沒什麼大不了的啦。」

被小學生集團包圍的七罪故意咳了一下。

「我只是組裝市售的配套元件，馬達也是天宮模型的正規零件。重點在於仔細地組裝，接合處些微的歪斜都會影響車子的速度。」

然後開始講解。

會寫小說、畫漫畫，多才多藝的七罪因為手巧，也很擅長組裝「四驅車」吧。

正當士道面帶微笑望著得意洋洋地給小學生建議的七罪時——

「聽好嘍，『四驅車』啊，如果沒有正確理解零件的性……能……」

七罪似乎終於發現站在公園入口處的士道。

她的臉立刻僵了。

「……士、士道？你從什麼時候就站在那裡了？」

「喔喔，我剛好經過前面，聽到聲音——」

士道走到七罪身邊，詢問：
「妳在跟小朋友玩嗎？」
「才、才才、才不是！我不是跟他們玩，而是陪他們玩好嗎！」
七罪瞬間滿臉通紅，用力搖頭。
「是嗎？因為七罪是姊姊嘛。」
士道露出苦笑，聳了聳肩。
「才不是咧，因為七罪姊姊一個人在玩四驅車，我們才跑來跟她說話的。」
「七罪姊姊玩得最開心了，對吧？」
「……！我、我那是配合你們……」
士道安撫與小學生一般見識的七罪，對她說：
「那我要走了。不要太晚回來吃晚餐喔。」
「我、我知道啦。我正要回家好嗎！」
「咦～～？七罪姊姊，妳要回家了嗎～～？」
「先別走啦，再比一次～～」
「我、我很忙的，沒時間陪小朋友玩耍。」
小學生們拉住七罪的運動服衣角。正當七罪想揮掉他們的手時——

嘰～～～～～～～～～～～——！

一道小小的影子在地上高速奔馳，逼進士道等人。

影子宛如閃電，朝七罪等人的四驅車撞了過去。

「……什麼！」

士道瞪大雙眼。

那道影子通過的瞬間——

擺在地上的「四驅車」裂成了兩半。

悶悶的衝擊音；飛向空中四分五裂的四驅車車體。以最初的一輛為開端，影子接二連三攻擊四驅車，將它們撞裂。

「……！啊啊啊啊啊！我的〈超級七罪特別號〉！」

看見裂成兩半的愛車，七罪發出哀號。

那道轉瞬間破壞所有四驅車的影子掀起沙塵回轉後，朝公園入口處駛離。

「那、那是怎樣……？」

士道呆愣地佇立在原地。

「呵呵，怎麼樣啊？〈蜘蛛鯊〉的威力很猛吧？」

「……！」

接著一名身穿鄰鎮國中制服的眼鏡少年抓住了那道影子。
眼鏡少年的背後有一名穿著同樣學校制服的龐克頭高個兒少年，還有一名氣勢非凡的長髮少年。
「喂喂，太過分了吧。也留一點獵物給我們嘛。」
「哼，別玩得太過火了。我們的目的終究只是測試新車的性能。」
「呵呵，我知道啦——」
眼鏡少年舔了一下手上「四驅車」的車身。
那是一輛外形宛如鯊魚般凶惡的「四驅車」。
……該不會是用那個玩具把四驅車撞成兩半的吧？
當士道等人啞然無言時——
「你、你幹什麼啊——————！」
七罪拿起裂成兩半的〈超級七罪特別號〉，發出抗議。
「呵呵，都怪你們的車子太弱了啦。」
「這個世界就是弱肉強食，弱小的四驅車活該被獵捕啦。」
眼鏡與龐克頭少年若無其事地詭辯。
「……那、那些傢伙是怎樣啊？」

士道詢問小學生們。

「他們是四驅車獵人啦！」

「四驅車獵人？」

聽見陌生的詞彙，士道皺起眉頭。

「就是突然出現在公園破壞『四驅車』的傢伙。」

「聽說其他公園也被攻擊了。終於也輪到這裡了啊。」

「……原、原來如此？」

老實說，士道不太明白他們為什麼要做這種事。雖說是玩具，也是不折不扣的毀損器物罪，不能置之不理吧。

士道清了一下喉嚨，露出嚴肅的表情。

不過，七罪比他早一步發飆。

「……～～！你、你們竟然把我的〈超級七罪特別號〉弄壞！」

七罪拿著裂成兩半的四驅車，一個箭步逼近三人組後——

磅！

剛好被通過腳邊的四驅車絆到，跌了一大跤。

「哈噗……混、帳……你幹嘛啦～～～……」

「妳、妳沒事吧，七罪？」
七罪淚眼汪汪地站起來；士道連忙衝到她身邊。
「哎呀呀，竟然想施暴，真是野蠻。」
害七罪跌倒，外形如蠍子的「四驅車」華麗地回轉後，駛進看起來應該是頭頭的長髮少年手中。
「……～～！野蠻的是誰啊！那群孩子只是在玩四驅車！」
「哼！這個世界不需要弱小的四驅車。」
「就是這樣。有意見的話，就在比賽中贏過我們吧。」
眼鏡少年俯視匍匐在地的七罪。
「……比賽？」
「一星期後舉辦的『天宮盃』，我們會出場。我們會在那場比賽中，讓妳見識破壞四驅車在安穩的四驅車世界裡有多麼可畏！」
「……！雖然是聽不太懂啦……」
七罪站起來後，狠狠瞪著三人組。
「如果我在那場比賽中獲勝，你們就不會再做這種事了吧。」
「呵呵，可以啊。只要妳贏過我們，我們就不再狩獵四驅車。」

「嘿嘿嘿，憑你們那種寒酸的四驅車，大概只會再被撞壞吧。」

「一言為定喔。」

「喂、喂，七罪——」

士道見形勢不妙，憂心忡忡地開口。

「好啊。那就在那場比賽中解決我們的恩怨吧。」

七罪猛力指向三人組，撂下狠話。

◇

「——今天發生了這件事。」

士道在五河家的廚房品嚐燉得恰到好處的咖哩的味道，並且向琴里報告在公園發生的事。

「我還想說你怎麼回來得這麼晚呢，原來發生了這種事啊。」

琴里操作手邊的手機，以司令官模式回答。

「你說是在傍晚五點左右發生的吧？」

「是啊……話說，妳在做什麼？」

「拉塔托斯克不是有在逐一監視七罪的狀況嗎——啊，找到了。」

琴里點擊了一下手機螢幕後，放大從上空一萬五千公尺拍攝的影像，顯示出上述的公園。那個影像是鯊魚四驅車接二連三撞裂七罪等人的四驅車的畫面。

「……這是什麼？最近的玩具真厲害呢。」

「我也大吃一驚。」

「……嗯？好奇怪喔。」

琴里暫停影像，疑惑地皺起眉頭。

點擊兩下螢幕後，將影像放得更大——

「……！怎麼可能！」

「怎麼了？」

「士道，你看這個——」

琴里表情認真地將手機螢幕遞到士道眼前。

鯊魚四驅車的車身竟然跳出像光刃一樣的東西。

「不會錯。這是超小型顯現裝置。」

「妳說什麼！」

所謂的顯現裝置，是在Unit的周圍展開隨意領域，將裝置演算的結果重現於現實世界，如「魔法」般的超級技術。ＡＳＴ的主兵裝就是利用這項技術的CR-Unit，依照使用者的操縱技巧，甚至有可能與精靈勢均力敵。

若是使用顯現裝置，的確有可能像那樣將四驅車切成兩半。

「為什麼玩具上面會有顯現裝置？那不是國中生能夠拿到手的物品，也沒辦法搭載在那種玩具上……」

面對板起臉喃喃自語的琴里，士道也露出困惑的表情。

◇

士道捧起咖哩鍋走向客廳時，精靈們早已齊聚一堂。

十香、四糸乃、六喰、折紙，以及八舞姊妹。美九因為錄音延遲，晚一點才會到；二亞則是在趕稿，忙得連吃晚餐的時間都沒有。雖說是自作自受，還是挺可憐的，士道決定等一下送一些慰勞品過去給她。

沒看到七罪，似乎是還沒過來這裡。

「士道，這個味道是……咖哩對吧？」

規規矩矩入座的十香表情一亮。

「是啊。我看了影片後，試著做看看。」

今天的菜色是加了市售咖哩塊與數種香料，算是滿道地的奶油雞肉咖哩。看了影音平臺的料理頻道後，士道便想挑戰一下。

聞到飄散的咖哩味，十香可愛地抽動了一下鼻子。

「唔，有黃豆粉麵包的味道耶。」

「妳聞得出來嗎！」

為了增加美味與濃郁度，士道加了一點黃豆粉提味。

「嗅嗅。有一點點士道的味道。提味的佐料是……士道的汗？」

「折、折紙……妳是開玩笑的吧？」

看見折紙一本正經地呢喃，士道不禁全身戰慄。

「呵呵，這個香味，是來自異邦之地的辛香料吧。」

「垂涎。快點吃吧。」

「唔嗯。」

八舞姊妹和六喰也被咖哩的香味吸引，搖搖晃晃地到餐桌集合。

唯獨四糸乃心神不定地凝視著玄關的方向。

「四糸乃？」

士道出聲呼喚四糸乃後，她抬起頭說：

「那個……七罪呢？」

「喔喔，她確實有點晚呢……」

時鐘的指針已經走過七點。

「那個……我去看一下情況。」

「我也一起去。呃，大家先吃吧。」

——士道與四糸乃來到位於五河家隔壁的精靈公寓。

「原來……發生過這種事啊。」

在前往七罪房間的途中，士道對四糸乃說出在公園發生的事。

「是啊，所以我有點擔心。」

「嗯～～的確令人擔心呢～～」

四糸乃左手上的手偶「四糸奈」點了點頭。

即使按下最上層房間的對講機也無人應聲，士道便用向琴里借來的認證卡開門。

「七罪……我們進來了喔。」

走廊一片黑暗。不過，有微微的光芒從裡面的房間流瀉出來。

士道屏住呼吸，踏進房間。

看見七罪在檯燈下駝背坐在書桌前的身影。

書桌上有四分五裂的四驅車車身散落。
「啊啊，真是的！這種東西只不過是玩具嘛！隨便啦，煩耶……」
七罪胡亂搔了搔她亂翹的頭髮。
似乎是在用黏著劑黏好裂成兩半的車身。
「七罪。」
「……！咦，士道……還有四糸乃？」
士道出聲呼喚後，七罪便回過頭瞪大雙眼。
「抱歉擅自進來妳房間。晚餐時間到了，我來叫妳吃飯。」
「咦，啊……已經這麼晚了啊！」
七罪看了一下時鐘後，大吃一驚。看來是專心到忘記吃晚餐了。
士道「哈哈」地苦笑，望向散落一桌的零件。
「有辦法修好嗎？」
「沒辦法。就算修好了，也贏不了那種四驅車。」
七罪不甘心地咬著嘴脣，搖了搖頭。
「唉～～～～～～我為什麼要大言不慚地撂下那種狠話啊。」
七罪蜷起身子，抱頭苦惱。

的確，平常怕生的七罪從來沒有像那樣嗆人。

……不過士道似乎能了解她的心情。

想必七罪並非只是因為自己的四驅車被弄壞而感到不甘心，是替那些四驅車被弄壞的小學生生氣吧。

「七罪真溫柔呢。」

「啥……？說、說這種話是怎樣啊……」

士道如此呢喃後，七罪便羞紅臉頰，挪開視線。

「話說回來，那是怎麼回事啊？竟然能讓四驅車四分五裂。」

「那輛四驅車好像使用了顯現裝置。」

「……啥？」

士道將剛才與琴里的對話告訴皺起眉頭的七罪。

「那、那是怎樣啊！根本是犯規吧！」

七罪拍了桌面，憤慨地站起來。

「……～～！那些傢伙，還敢說『都怪你們的四驅車太弱了』，安裝顯現裝置的四驅車，不是精靈的話，誰贏得了啊。」

七罪緊握變成兩半的四驅車殘骸，不甘心地緊咬嘴唇。

於是——

「那、那個……七罪。」

四糸乃突然戰戰兢兢地開口。

「四糸乃？」

「難道『如果是精靈……就能贏過那些人嗎』？」

「……咦？」

七罪頓時一臉疑惑地皺起眉頭——

然後立刻驚覺。

「不、不行喔！如果四糸乃有個三長兩短——」

「沒關係的。我想助妳一臂之力。」

四糸乃直勾勾地盯著七罪的臉，態度堅決地說道。

「七罪，四糸奈還滿頑固的喲～～」

「可、可是……」

七罪露出了猶豫的表情一會——

「……我知道了。四糸乃，請妳幫我吧。」

不久便下定決心似的點頭，牽起四糸乃的手。

◇

一星期後。士道一行人來到郊外的大型公園，這裡是舉辦「天宮盃」的地點。

覆蓋廣大草皮的自然公園，假日經常舉辦演唱會或野外節慶等大型活動。今天公園入口處也擺了一大排小吃攤，呈現出宛如祭典的盛況。

「嗚嗚……人太多了，好想吐。」

鑽出人群的七罪已經精疲力盡。

「……妳、妳還好嗎？」

「唔～～現在就這樣的話，正式比賽時沒問題嗎？」

琴里憂心忡忡地皺起眉頭。

「撐不住的話，我一個人出場。」

手裡拿著工具箱的士道扛起責任，將任務攬在身上。

「天宮盃」是只要有四驅車，任何人都能自由報名的比賽，因此士道也決定參賽。

畢竟對方有三人。就算自己這方以同樣人數參賽，他們也不敢抱怨吧。

另一個人因為在參加預賽，等一下才會跟他們會合。

「話說回來，好厲害的賽道啊。」

士道望著設置在公園的四驅車賽道，看傻了眼似的說道。

賽道占據了整座公園，宛如雲霄飛車般巨大。

「是啊，好像有好幾家大型汽車製造商贊助。我記得亞斯格特的子公司也是贊助商之一。」

「……好壯觀啊，要在這個賽道奔馳嗎？」

七罪發出花樣少女不該有的，宛如被壓扁的蟾蜍般的聲音呻吟。

參賽者必須陪著四驅車一起跑，偶爾需要進行維修作業。

對不擅長運動的七罪來說，應該很吃力。

——就在這個時候……

「呵呵，看來你們沒有逃跑，前來赴約了呢。我就承認你們的勇氣吧。」

聽見耳熟的聲音，回過頭後——

「……！你、你們……」

便看見眼鏡、龐克頭、長髮三人組臉上浮現嘲笑。

不，不只那三人。他們背後還出現一名禿頭老人，穿著電影裡會出現的瘋狂科學家的白袍。

「鰤鰤鰤，就是你們嗎，要挑戰我的傑作四驅車的愚民們？」

「……！你、你該不會是——黑神博士！」

琴里突然發出驚愕的聲音。

「……妳認得他嗎，琴里？」

「……對，雖然不是直接跟本人認識。」

琴里點頭，一邊擦拭額頭上的汗水。

「他原本是隸屬於DEM Industry公司研究開發部的天才科學家。在ＤＥＭ初期進公司，聽說對開發顯現裝置有極大的貢獻。不過，他在幾年前突然被ＤＥＭ解僱，消失了蹤影。」

「解僱？為什麼……」

「他的著眼點太敏銳了。」

「……這不是優點嗎？」

士道皺起眉頭；琴里則搖頭反駁：

「因為他計劃在所有家電安裝顯現裝置，冷氣、空氣清淨機，以及遊戲機、吸塵器、微波爐，甚至是電鍋——」

「……嗯～～那確實太前衛了。」

況且，不適應顯現裝置的一般人根本無法運用自如。

「結果他挪用預算被上面的人發現，就被開除了。沒想到竟然開發出能搭載於玩具的小型顯現裝置。」

「齁齁齁！我開發的破壞型『四驅車』，總有一天會成為席捲世界戰場的兵器。我會向驅逐我的ＤＥＭ蠢蛋和全世界證明，我的研究是正確的～～～～～！」

「……我不會讓你得逞的。」

「什麼？」

瘋狂科學家突然停止大笑，俯看七罪。

「要、要是我們贏了比賽，你就得依照約定不再狩獵四驅車。」

即使畏懼他異樣的眼光，七罪依然態度堅定地直言。

黑神博士嘲笑似的用鼻子「哼」了一聲後回答：

「好吧。耗費我研究者生命開發出來的終極破壞四驅車，絕對不可能輸給普通的四驅車。」

「普通的四驅車？這可難說喔——」

七罪打開工具箱的蓋子——

「這就是我的新車——〈ＮＥＯ四糸奈ＸＸ〉！」

接著拿出一輛四驅車。

車身塗成雪白色，彷彿兔耳的流線形尾翼，車輪刻印著兔子手偶的圖案。

「什麼，竟然是原創的四驅車！」

黑神博士驚愕得瞪大雙眼。

「博士，那輛車究竟是……？」

「哼，沒必要慌亂。外行人改造的原創四驅車，在我發明的三輛最高傑作〈蜘蛛鯊〉、〈巨物G〉、〈冥王蠍〉面前，不過是玩具罷了！」

「說、說得也是呢，博士。」

「我們再把她那輛新車切碎。」

「是啊，把它破壞得粉碎吧。」

「齁～～齁齁齁，覺悟吧。」

黑神博士與三人組哈哈大笑著離開。

琴里瞪著他們的背影呢喃：

「你們兩個可不能輸給那種人喔。」

士道與七罪毅然決然點頭回應琴里。

◇

『好了～～各位乖寶寶～～準備好四驅車了嗎～～？』

設置在舞臺上的巨大擴音器響起耳熟的聲音。

舞臺上握著麥克風的是身穿賽車女郎服的美九。

她突然被選為實況播報「天宮盃」的主播。

當然這並非偶然。一星期前聽說七罪要出場比賽，美九便當場聯絡經紀人，搶下這份工作。雖然很突然，主辦方也沒有理由拒絕巨星誘宵美九的要求吧。

『決定天宮市四驅車大賽冠軍的「天宮盃」，竟然有兩百輛四驅車參賽。上午已經以競速的方式結束預賽，留到決賽的強勁四驅車有二十輛。究竟有幾輛能抵達終點呢？備受矚目的參賽者是突然出現在四驅車界的新星，七罪。啊啊，今天也超級可愛，討人喜歡呢～～！』

「喂、喂，妳在說什麼啊！」

正在設定四驅車的七罪回頭朝舞臺大喊。

「那個，七罪……右邊滾輪的螺絲好像有點鬆耶。」

「啊，抱歉……等我一下。」

聽見四糸乃這麼說，七罪連忙點頭，用螺絲起子鎖緊〈NEO四糸奈XX〉的螺絲。

「謝謝妳……七罪。」

「該道謝的是我，四糸乃。抱歉讓妳做這種事。」

七罪向〈NEO四系奈XX〉輕輕低下頭。

沒錯，七罪準備的王牌新四驅車的真面目，當然是用七罪的天使〈贗造魔女(Haniel)〉的力量變化成四驅車的四糸乃。

要對抗搭載顯現裝置的四驅車，只有將精靈變成四驅車這個辦法了。

當時四糸乃提出的想法還真是勇猛呢。

——因此，士道的四驅車當然也一樣。

「……十香，沒問題吧？」

「嗯，沒問題。我相信士道。」

唰————————！

士道按下開關後，〈十香SABER〉便發出順暢的引擎聲。

夜色的車身各處使用了透明零件，宛如鋒利大劍的外形劈開迎面而來的風，於直線賽道上有利於加速。

「再調整一下配重塊的平衡比較好。」

士道微微歪過頭，從工具箱拿出更換的零件。

細部設定會強烈左右四驅車奔馳的狀況。追求速度自然不用說，為了避免衝出賽道，取得重心的平衡與挑選符合賽道的零件都很重要。〈十香SABER〉採用的是高抓地力的特殊橡膠輪胎與小型車輪，以及滾珠軸承內藏式滾輪，為了提高底盤硬度，也不忘用碳板加以補強。

看似玩具，其實比想像中還要深奧。士道昨晚不禁熬夜沉浸在細部設定中。

而士道的隔壁則是——

「哼！本宮乃翺翔天際，驅策颶風的魔神。有看出吾使用了與四驅車有關的諧音詞嗎？」

「打倒。這是認真對決，即使對手是士道你們，夕弦也不會手軟。」

手持漆黑四驅車的夕弦猛力指向士道等人。

七罪拜託幫忙湊人數的精靈，正是八舞姊妹。

兩人都很爽快地接受了七罪的請託，但真要說的話，她們似乎只是純粹對比賽一事有興趣。

耶俱矢利用〈贗造魔女〉變化而成的四驅車〈颶風魔神(Sturm Maschine)〉，其車身是無比平坦的設計，將空力效果提升到最大限度。

士道心想：耶俱矢的確比夕弦更有空力效果沒錯。

「欸，士道，你是不是在想什麼失禮的事？」

「啊，沒有啦。我是在想設計很酷。」

當兩人進行以上的對話時——

『好了，比賽即將開始嘍～～！各位選手，請就起跑位置！』

美九的實況播報聲告知比賽即將開始。

通過預賽的二十輛四驅車在起跑點發出引擎聲。

然後——

『——Let's go！』

在美九的吆喝聲下同時出發。

◇

比賽開始不久，立刻掀起波瀾。距離起跑點二十公尺的地點，間隔的賽道消失，各賽道匯合成一條賽道。

『喔喔，突然發生衝撞！四驅車接二連三飛向空中！』

四驅車在匯合處互相衝撞，逐一飛出賽道。

「……真是粗暴的發展呢。」

琴里在觀眾席望著舞臺上的大型螢幕呢喃。

「哈哈～～原來如此～～只顧輕量化，毫無安定感的四驅車，會在這裡被淘汰啊。設計賽道的人還真是壞心眼呢～～」

二亞在琴里旁邊嚼著在小吃攤買來的煙燻花枝。

似乎已經乾掉一杯啤酒，整張臉紅通通的。

「不過，接下來暫時都是直線賽道，比起扭力，搭載了重視回轉數馬達的少年的設定更有利呢。」

「二亞，妳挺了解的嘛……」

「還可以啦。若不是整晚沒睡，我還想帶著我的愛車AVANTE出賽呢～～」

「二亞，妳的真實年齡究竟是幾歲……？」

「啊！妳看妳看，少年的四驅車好像脫穎而出了喔。」

二亞無視以白眼盯著她的琴里，指向螢幕。

◇

「呼呼……呼呼，我……我已經不行了……沒辦法，好難受……」

只是跑了最初的幾十公尺，七罪就已經精疲力盡。

「這、這算是運動不足吧……確實滿吃力的。」

跟用引擎發動的四驅車一起奔跑，連身為高中生的士道也難以消受。

……真奇怪。我看四驅車動畫裡的角色都跑得很輕鬆啊。

「——喔喔，風吹得我好舒服喔，士道。」

另一方面，從最前排脫穎而出的十香似乎跑得十分開心。

〈十香SABER〉的設定較重視直線，是在最初的階段一口氣甩開對手，拉大距離的戰略。

雖然簡單，但應該最符合十香直率的性情。

「好耶，十香。就這樣甩開對手。」

「嗯，包在我身上！」

在持續五十公尺的直線賽道上，十香不斷加速。

士道拚命追著十香跑，同時瞄了背後一眼。

〈NEO四糸奈XX〉和〈颶風魔神〉正在領先的集團中互相競爭。

黑神博士率領的三人組似乎在更後方。

還不主動追擊嗎？抑或是——

當士道如此思索時，十香在直線賽道途中突然降低了速度。

「十香，怎麼了？」

士道連忙開口詢問。

是馬達過熱導致疲乏嗎？

「……抱、抱歉，士道。」

十香有點尷尬地開口。

「我在變成四驅車之前，吃了一個攤販賣的黃豆粉麵包！」

「別、別在意！我想應該……沒有關係吧？」

「是、是嗎？」

「大概……」

……不，還是說，其實有點關係？

這時，背後突然響起某種東西破裂的聲音。

「……！」

士道回頭一看，便看見四驅車粉碎的車身散落在賽道上。

「呵呵，差不多該開始狩獵了。」

「嘿嘿，為了破壞全部的四驅車，我們才故意放慢速度！」

黑神博士的破壞四驅車〈蜘蛛鯊〉與〈巨物G〉接二連三破壞跑在後方的四驅車，將它們撞飛到賽道外。

「……十香，他們要來了，千萬要小心！」

「嗯，士道。不過，賽道改變了耶——」

直線賽道後，迎來的是九彎十八拐的彎道。

這裡是〈十香SABER〉不擅長的地方；而重視轉彎的〈NEO四糸奈XX〉則因為可變動式阻尼器與滾輪軸承，轉彎很順暢，不斷縮短差距。

「呼呼……四、四糸乃，妳還好嗎？撞到牆壁痛不痛？」
「沒關係……滾輪有吸震效果……」
「喔，看我四糸奈秀一手華麗的甩尾。」
刻印在輪框的「四糸奈」插畫如此說道。
「那、那個，應該是七罪妳……比較辛苦吧？」
「呼……呼……我、我沒關……係……！」
儘管難受得上氣不接下氣，七罪依然豎起大拇指。
此時突然狂風大作，把七罪亂翹的頭髮吹得亂七八糟。
「……唔唔！」
連續彎道的前方出現了無數巨大風扇。
是模擬颱風實驗用的那種。
『出現了！「天宮盃」的亮點，巨大風扇區！許多四驅車會被吹飛的魔鬼區域，主辦單位到底在想什麼～～！』
太輕的四驅車逐一被強風吹到賽道外。
「……這是什麼賽道啦～～～～！」
迎面受到強風吹襲的士道臉頰被吹出波紋，一邊吐槽。

「十香，妳沒事吧？」

「嗯，這點程度的風根本小兒科啦！」

〈十香SABER〉雖然因為風吹而有些降低速度，依然穩定地奔馳。

儘管擔心車身是否太輕，但或許是因為吃了黃豆粉麵包而增加了重量，將風的影響控制到最小限度。

——不過，有一輛四驅車卻在轉瞬間超越了〈十香SABER〉。

「呵呵，本宮乃颶風皇女。漆黑的凶風啊，給予吾禁忌的力量吧！」

「良機。耶倶矢平坦的身體，是與風為伍的空力構造。」

「我說夕弦，妳剛才是不是在說我壞話！」

「失言。夕弦什麼都沒說。」

「妳剛才明明說了失言！」

〈颶風魔神〉如此鬥嘴，在強風的吹襲下加快速度。

◇

『這時，夕弦選手的四驅車一口氣脫穎而出！加速的祕密在於平坦的車身嗎？順帶一提，不論是豐滿柔軟的夕弦，還是一手就能掌握的耶俱矢，人家兩個都喜歡～～！』

「……喂，那女人在亂講什麼！」

聽見美九自由奔放的實況播報，坐在觀眾席的琴里冷汗直流。

「那個平坦的車身，因為空力效果而產生強烈的下壓力呢。」

「……真的有所謂的下壓力嗎？」

二亞得意洋洋地解說；琴里對她投以懷疑的目光。

怎麼看都覺得是八舞姊妹顯現出風之精靈的能力而已。

「——哎呀、哎呀。對四驅車來說，下壓力是非常重要的喲。」

坐在琴里隔壁的少女突然開口。

她穿著T恤、短褲，皮膚曬成小麥色。乍看之下，以為是個少年。

由於她把棒球帽戴得很低，看不太清楚面容。

「被風吹走的四驅車因為設計得太輕，降低了空力效果。雖然車身太重不好，但過度減輕重量反而會造成反效果。」

「……妳、妳是誰啊？」

琴里皺起眉頭。

「呵呵……我是無比熱愛少年嗜好的『我』啊。」

「到底是誰？」

◇

「唔！風勢比想像中強……！」

士道一邊抵抗巨大風扇的強風一邊拚命奔跑。

與風為伍的八舞姊妹已跑在遙遠的前方。

「那麼，差不多該輪到你了！」

三輛破壞四驅車從背後不斷逼近。

以光刃劈開四驅車的〈蜘蛛鯊〉。

以隨意領域的重力場壓爛四驅車，超重量級的〈巨物G〉。

以及至今能力不明的〈冥王蠍〉。

三輛全都展開顯現裝置的隨意領域，不把強風放在眼裡。

「……七罪，小心點。他們要進攻了！」

「咦咦！等、等一下！」

七罪慌慌張張地發出聲音。

「呵呵，我會再把妳的車切成碎片！就像之前那輛四驅車一樣！」

〈蜘蛛鯊〉的前保險桿顯現出顯現裝置的利刃。

「呀啊！」

嘰哩哩哩哩哩哩哩哩！

四糸乃在千鈞一髮之際避開了逼近而來的利刃。

光刃削掉了賽道的外牆。

「哦，虧妳躲得過呢。」

「哼，那這招如何！巨物G撞擊！」

超重量級四驅車〈巨物G〉一躍而起，衝向搖搖晃晃的四糸乃。

「——四糸乃！」

跑在前方的十香突然減速，硬是撞開了四糸乃。

滋嘎啊啊啊！

〈巨物G〉的車體落下，賽道破了一個大洞。

被撞開的〈NEO四糸奈XX〉勉強重整姿勢。

「十香……謝謝妳……」

「士道，就算是精靈，中招的話也會被壓扁吧。」

「……嗯，妳說得對。」

奔跑的士道額頭流下冷汗。

「哼！我就從你的四驅車開始收拾吧！」

眼鏡少年操縱的〈蜘蛛鯊〉這次盯上了十香。

「十香！」

士道大喊。

瞬間，〈十香SABER〉的前保險桿推向前方，變形成利刃。

「什麼！」

〈十香SABER〉變形後的外形宛如〈鏖殺公〉(Sandalphon)的劍刃。

嘰～～～～～～～！

火花四濺。顯現裝置的光刃被彈開，〈蜘蛛鯊〉被震飛。

「什麼！我的〈蜘蛛鯊〉竟然攻擊失敗！」

「這點程度的攻擊，折紙還比較難纏呢。」

「可惡！再一次！切碎它吧，〈蜘蛛鯊〉！」

顯現裝置的光刃與〈SABER〉的利刃交錯。

火花四濺，不分上下，宛如ＡＳＴ的巫師與精靈的戰鬥。

「七罪，這裡由我和十香來擋住。妳先走！」
「可、可是，士道……」
「別擔心，我之後一定會追上去。」
「……我、我知道了。」
七罪咬著脣，點點頭。
「交給你嘍～～士道。」
「喔喔，別想逃！」
「那輛四驅車交給你解決了！」
〈巨物Ｇ〉與〈冥王蠍〉緊追〈ＮＥＯ四糸奈ＸＸ〉。
賽道前方聳立著角度超陡的坡道。

◇

『好了，通過巨大風扇區後，來到上下坡超陡的連續坡道！高低差宛如雲霄飛車的賽道！』
「唔～～那麼陡的坡道，對扭力不足的四驅車不利呢～～」
比賽也來到最終階段，二亞在氣氛熱烈的觀眾席大口灌著啤酒。

「是啊，七罪的〈NEO四糸奈XX〉是重視轉彎的設定。高達八個的滾輪重量成為累贅，坡道似乎會爬得很吃力。」

「哦，妳很內行嘛。」

「我對四驅車有點研究。」

棒球帽短褲少女「呵呵呵」地露出得意的微笑。

「就說了，妳是誰啊！」

就在琴里吐槽的時候——

有一道影子在棒球帽少女腳邊蠢動——

「終～～～於找到妳了～～～『我』！」

一名綁著左右不均等的雙馬尾，打扮成哥德蘿莉風的少女突然跳了出來。

「呀啊……呃，狂三？」

「琴里，不才的『我』給妳添麻煩了呢。好了，要乖乖回去了，擁有少年心，喜歡賽車的『我』！」

「太殘忍了！至少讓我看完這場比賽……唔呀啊！」

「呵、呵呵……失禮了，琴里。替我向士道問候一聲。」

狂三一把抓住胡鬧的少女的腳，將她拖進影子中。

「……到底在搞什麼啊？」

◇

「呼！呼！呼呼呼呼呼……我不行了……」
七罪在爬坡道途中耗盡力氣，倒在地上。
「七罪，妳還好嗎……？」
「抱歉，四糸乃……我可能撐不下去了……」
七罪氣喘吁吁地回答。
「七罪，他們從後面來嘍～～」
聽見四糸奈這麼說，七罪猛然回過頭。
便看見〈巨物G〉與〈冥王蠍〉兩輛四驅車爬上坡道，逐漸逼近。
七罪臉色鐵青。將賽道破壞得粉碎，超重量級四驅車的車體衝撞攻擊。要是中招，四糸乃應該會被壓扁吧。
「……！我、我們繼續跑吧，四糸乃！」
七罪搖搖晃晃地站起來後，再次在坡道上奔馳。

一副喘得要命的表情，一口氣衝上坡道的頂端。
然後在下坡道的前方看見跑第一的八舞姊妹。
「夕弦，我們被追上了！」
「驚愕。竟然能穿越那陣強風！」
八舞姊妹發出焦急的聲音。
重視加速的〈颶風魔神〉跑在需要扭力的坡道上顯得十分吃力，通過巨大風扇區後，便在上下坡度陡峭的賽道上苦戰。
「哼，正好，我們就先摧毀冠軍吧——」
「嘿嘿，知道了！看我的巨物G撞擊！受死吧！」
龐克頭露出猙獰的笑容。
〈巨物G〉在坡道的頂端展開重力場隨意領域。一躍而起的超重量級四驅車飛越〈NEO四糸奈XX〉，逼近跑第一的〈颶風魔神〉頭上。
「唔啊，現在是怎樣！」
「警戒。耶俱矢，快躲開！」
「咦咦！太突然了，沒辦法——」
滋嘎轟〜〜〜〜〜〜〜〜！

〈巨物G〉落下。賽道的碎片飛散，揚起塵埃。

「嘿嘿，解決——什麼！」

龐克頭驚愕得瞪大雙眼。

因為理應被壓扁的〈颶風魔神〉，卻到處不見其殘骸。

「嘲笑。那麼笨重的四驅車，怎麼可能捕捉到風。」

「哼哼，就是這樣——」

消失蹤影的耶俱矢「正奔馳在賽道的牆面上」。

她利用風力緊貼在牆上，躲避〈巨物G〉的重壓攻擊。

『喔喔，飛簷走壁，這是飛簷走壁！利用強烈的下壓力，讓車體緊貼著賽道牆面奔馳！』

當然，實際上並非什麼下壓力，而是八舞姊妹的精靈之力。

〈颶風魔神〉纏繞著風，宛如在地面般持續在賽道的牆面上奔馳。

這時——

「欸，夕弦，賽道中斷了耶！」

耶俱矢發出慌亂的聲音。

因為賽道在前方約二十公尺處中斷。

『好了，現在來到「天宮盃」最後的關卡，大跳臺。平衡差、沒有徹底加速的四驅車會倒栽蒽掉下毀壞！真搞不懂主辦單位在想什麼呢～～！』

「良機。耶俱矢，一口氣飛向終點吧。」

「咦咦！真的假的！」

「首肯。妳一定辦得到。」

「……我、我知道了，我試試看！」

轟隆隆隆隆隆隆隆隆隆隆——！

〈颶風魔神〉在跳台前方捲起狂風，一口氣加速。

然後——

「「八舞龍捲風————！」」

八舞姊妹的聲音重疊在一起，〈颶風魔神〉飛翔於半空中。

轉轉轉轉轉轉轉轉轉轉——！

「呵呵，本宮乃翱翔於天際的颶風魔神——呃，頭好暈啊～～～～！」

『竟然衝上跳台！〈颶風魔神〉飛起來了～～～～～～！車體在空中如子彈般高速旋轉以穩定軌道～～！』

美九興奮的實況播報響遍四周。

就在這時——

「就等這個時候，上吧，〈冥王蠍〉！」

三人組的頭頭——長髮少年露出狂妄的笑容。

蠍子外形的四驅車〈冥王蠍〉的尾巴變形，翹起尾巴的尖端。

「警戒。耶俱矢，對方好像要發動什麼攻擊。」

「哼，沒用的啦，我可是在空中耶——唔啊！」

飛翔在空中的耶俱矢被隱形的東西彈開。

在空中失去平衡，就這麼往正下方墜落。

「怎麼——會這樣——」

「失策。耶俱矢！」

夕弦急忙離開賽道，衝去撿墜落的耶俱矢。

「呵！沒有一輛四驅車能逃過我〈冥王蠍〉的隱形針。」

「……太、太奸詐了，竟然使用遠射程武器！」

跑在〈冥王蠍〉旁邊的七罪發出抗議。

「哼，只要能獲勝就好。好了，接下來輪到妳了！」

〈冥王蠍〉抬起尾巴，發射利用顯現裝置產生的隱形針。

「呀啊啊啊啊！」

隱形針粉碎了〈NEO四糸奈XX〉的尾翼。

「四糸乃，快逃！」

「好、好的！」

「哎呀，別想逃！」

跑在前面的〈巨物G〉放慢速度，用車身撞擊過來。

〈NEO四糸奈XX〉觸碰到隨意領域的重力場，滾輪彈飛出去。

「四糸乃！」

「哈哈哈！好耶，就這樣摧毀它吧～～～～～～～～～～！」

「不、不要啊～～～～～～～！」

——就在這時，純白的〈NEO四糸奈XX〉車身釋放出耀眼的光芒。

啪喀、啪喀啪喀啪喀啪喀啪喀——！

賽道上瞬間降霜，奔馳的四糸乃周圍被冰覆蓋。

因為四糸乃情緒不穩定，導致一部分的靈力逆流。

結冰的路面讓〈巨物G〉的輪胎失控，嚴重打滑。

「怎、怎麼會這樣！」

「四糸乃，冷靜點！」

七罪一邊奔跑一邊出聲安撫情緒不穩定的四糸乃。

要是不穩定的狀態持續下去，〈贋造魔女〉的變身也會解除。

「好、好的……我、我沒事……」

大概是因為聽到七罪的聲音而恢復冷靜，只見四糸乃周圍的冰融化消失。

她再次加速，一口氣飛越跳台。

之後就是最後的直線賽道。

◇

嘰哩哩哩哩哩哩哩哩哩哩！

火花四濺，十香與〈蜘蛛鯊〉展開激烈的競爭。

兩輛四驅車利刃交鋒的局面，在跳台上告終。

雙方互相較量，同時一躍而起，在空中劇烈衝撞。

彼此被彈飛，往正下方的地面墜落。

「怎麼會！我的〈蜘蛛鯊〉！」

「十香！」

士道追著落下的十香，跳到賽道下方。

從陡坡翻滾似的滑下。

飛快地朝發出引擎聲的方向衝去後——

便看見十香翻倒在地，輪胎空轉著。

「十香，妳沒事吧！」

「唔……士道……抱歉……」

士道連忙撿起後，發現〈十香SABER〉的車身龜裂。

不只是落下的衝擊所造成，與〈蜘蛛鯊〉不斷交鋒也累積了不少損傷吧。

大概是軸心歪掉的關係，輪胎轉動得不太順暢。

這樣無法隨心所欲地筆直奔馳。

「……必須淘汰了嗎？」

士道呢喃。雖然不甘心，但不能再勉強十香繼續比賽了。

接下來只能把勝負託付給七罪和四糸乃——

就在這時，背後突然傳來腳步聲。

士道回過頭——

「要放棄還太早。」

「肯定。夕弦我們也來幫忙。」

「……夕弦、耶俱矢？」

看見的是在跳台途中掉下來的八舞姊妹。

「本宮就把吾之颶風力量的一部分借予眷屬汝吧。」

「……？」

「翻譯。請使用耶俱矢的零件做應急措施吧。」

夕弦取下耶俱矢一部分的零件，遞給士道。

「……可以嗎？」

「首肯。連同夕弦我們的份一起奔馳吧。」

夕弦點了頭。

士道接過零件後，看向手中的〈十香SABER〉。

「……十香，妳還撐得住嗎？」

「嗯，包在我身上，士道。」

十香斬釘截鐵地回答如此詢問的士道。

◇

『好了，現在比賽終於來到最終階段，最後的賽道是全長一百公尺的天橋。可怕的破壞四驅車〈巨物G〉與〈冥王蠍〉正猛追跑第一的七罪的〈NEO四糸奈XX〉！七罪，就快到終點了！終點有漂亮的賽車女郎在等著妳～～！』

「呼、呼、呼……那、那傢伙在說什麼啊……」

七罪氣喘吁吁，臉色鐵青地奔跑。

已經跑了五百公尺以上的路程吧。對平常上體育課就夠吃力的七罪來說，應該痛苦得早已精疲力盡，但奇妙的是，她勉強還撐得下去。

七罪突然心想：這該不會是……

美九從剛才就不斷呼喚七罪名字的實況播報「聲」。

也許是她的聲音為七罪注入一絲活力。

「……我、我就姑且感謝一下她吧。」

就在七罪輕聲低喃時——

跑在前頭的〈NEO四糸奈XX〉的後輪輪胎突然飛了出去。

「……！」

她猛然轉頭望向背後，發現〈冥王蠍〉盯上四糸乃了。

「呼、呼……四、四糸乃，妳沒事吧！」

「目前還可以……七罪……」

即使不安定地蛇行，四糸乃還是勉強重整姿勢。

七罪強忍著想伸手觸碰四驅車的衝動。

若是在整備區以外的地方觸碰奔馳的四驅車，便會失去資格。

不過，〈NEO四糸乃XX〉明顯降低了速度。

還剩五十公尺，七罪不認為能甩開對手。

「呼、呼、呼……」

七罪的體力也來到極限。

……啊啊，真是的。我在激動個什麼勁啊，真不像我。

內心深處響起這樣的聲音。

給四糸乃和士道他們添了這麼多麻煩，結果卻是這副慘樣？

早知道會這樣，當初就不要魯莽地說要一決勝負了。

「……罪……七罪——！」

四糸乃的聲音傳入耳中。

「別放棄。我想跟妳……一起抵達終點。」

「……！」

七罪赫然驚醒，將視線移回賽道。

儘管在賽道上蛇行，四糸乃依然筆直地朝終點前進。

「四糸乃……」

七罪胡亂搔了搔頭。

「……我知道了，一起抵達終點吧！」

再次面向前方邁步奔跑。

「嘖！一直給我動來動去的！」

操縱〈冥王蠍〉的長髮少年不耐煩地咬牙切齒。

「交給我吧，我這次一定要壓扁它～～～～～！」

〈巨物G〉的車體再次逼近四糸乃的背後。

「四糸乃！」

七罪發出像是哀號的聲音。於是——

「才不會讓你得逞～～～～！」

四周響起咆哮般的聲音。

剎那間，一輛風馳電掣的四驅車宛如利劍突刺般一閃，插入四糸乃與〈巨物G〉之間。

「……士道！」

吶喊的人是士道，而介入兩車之間的則是完成應急措施的〈十香SABER〉。

十香用利刃將〈冥王蠍〉轟到賽道外，然後劈開〈巨物G〉的重力場。

「……糟糕！」

「竟然————！」

「七罪、四糸乃，趁現在——」

「我、我知道了！」

七罪與〈NEO四糸奈XX〉回應士道後，拚命跑在天橋上。

「可惡～～！既然如此，我就連同天橋一起破壞，〈巨物G〉！」

「什麼！」

〈巨物G〉的重力場失控，賽道的牆壁發生龜裂。

然後——

啪嘰嘰嘰嘰嘰嘰嘰嘰嘰嘰！

天橋瞬間崩塌。

「……賽道崩塌了！」

〈巨物G〉與〈冥王蠍〉就這麼往正下方的池塘掉落。

「哈哈哈！我要把你們拖下水，活該啦～～～！」
『啊啊！天橋壞了！這、這樣還有可能繼續比賽嗎～～！』
「……唔！」
士道朝終點奔去。
〈NEO四糸奈XX〉離終點還剩十幾公尺。
然而，為時已晚。她受到賽道崩塌牽連，也往下掉落。
「四糸乃！」
七罪不由自主地朝掉落的四糸乃伸出手。
就在那一瞬間！
「別擔心……七罪，我來創建道路。」
咻咻咻咻咻咻咻咻咻咻咻咻咻咻咻……！
周圍吹起狂風暴雪。
〈NEO四糸奈XX〉純白的車身被透明的鮮綠色光芒包圍。
「……難道是，限定禮裝！」
七罪瞪大雙眼。
崩塌的天橋下方出現一座閃閃發光的透明橋。

那是利用〈冰結傀儡〉（Zadkiel）創造出來，筆直通往終點的冰橋。

「我們走吧，七罪！」

「好、好的……！」

〈NEO四糸奈XX〉通過在陽光照射下熠熠生輝的冰橋，順利抵達終點。

◇

『七罪，恭喜妳獲勝～～這場比賽太精彩了～～』

「……那……個……我，呃……」

在領獎臺上接受表彰的七罪面對眾多觀眾，緊張得全身僵硬。

緊緊握著獲得優勝的〈NEO四糸奈XX〉四驅車。

『不是，我一個人的，功勞……都是多虧了四糸乃……和士道……的幫忙……』

七罪面對美九遞出的麥克風，好不容易才發表出感言。

『妳很緊張嗎～～啊～～嗯，這樣的七罪也好可愛喲～～來，優勝的七罪可以獲得賽車女郎熱情一吻喲～～啾～～～～～』

「噫……等、等一下，不要啊～～～～～～！」

AMAMI
優勝
4WD

「聽說獲勝的獎品一年份的四驅車，會發給四驅車被破壞的小朋友。」

琴里會心一笑地關注兩人的互動並如此說道。

「……這樣啊。」

「少年～～你很帥氣喔～～啊～～人家也好想參賽喔～～」

酩酊大醉的二亞跑來糾纏士道。完全是個不成材的大人。

正當士道想遠離醉鬼的騷擾時，有人拉了拉他的袖子。

「士道，我肚子餓了！那邊有賣黃豆粉麵包的攤子。」

「……嗯，十香也非常努力呢。」

看見十香對自己投以期待的目光，士道不禁露出苦笑。

當他正要走向賣黃豆粉麵包的攤位時——

「——齁齁齁！很有一套嘛。」

突然出現在眼前的是身穿白袍的瘋狂科學家。

「……！」

士道直勾勾地瞪著黑神博士。

「說好了，以後不准再破壞小朋友的四驅車了。」

「哼，好吧。」

沒想到對方竟然一口答應。

「我不得不承認敗北。竟然輸給普通的四驅車……」

……不是普通的四驅車，而是精靈。最好還是不要說出這件事吧。

「不過，老夫還沒有放棄！」

「你說什麼？」

黑神博士掀開白袍，從懷裡拿出某樣物品。

「下次用安裝顯現裝置的戰鬥陀螺『破壞王』一決勝負吧～～～～！」

「誰要啊啊啊啊啊啊啊啊！」

士道毫不留情地吐槽手拿機械戰鬥陀螺的博士。

DATE A LIVE ANOTHER ROUTE

VRSPIRIT

Author: Yuichiro Higashide

精靈虛擬實境

東出祐一郎

雖然用不著多加解釋。

所謂的精靈，是（昔日）令人懼畏的存在，施展可怕的力量，總之非常駭人。

不過，在五河士道削弱所有精靈的靈力後，精靈的駭人程度已偃旗息鼓，但未必不會因為某種原因而復蘇。

因此，拉塔托斯克擁有的空中艦艇〈佛拉克西納斯〉的終極ＡＩ瑪莉亞心想：

「要不要把精靈的戰鬥資料備份起來，做成ＶＲ遊戲呢？不對，就來做吧！」

宣傳標語就寫：「你也能成為精靈！」「轉行當破壞王不能等！」

「什麼跟什麼啊！話說，破壞王又是什麼行業？」

面對琴里有條不紊地指摘，瑪莉亞也順理成章地回答：

「只不過是我一時興起。」

「一時興起啊～～」

那就沒辦法了。琴里露出遙望遠方的表情，在心中同意道：總比閒閒沒事做的ＡＩ失控胡鬧要太平好幾倍。

「所以，我想拜託大家試玩偵錯，可以嗎？」

琴里爽快地答應瑪莉亞的提議。

「可以啊，總之先讓士道玩吧。」

只有五河士道這個單一選項。

「嗯。妳可以不要用『總之先來一杯生啤』這種興致把哥哥叫過來嗎，琴里？」

被叫出來的五河士道也露出遙望遠方的眼神抱怨。

「你很閒吧？」

「才沒那回事咧。」

對回家社的五河士道來說，放學後閒歸閒，但也不是沒事做。他本來想跟十香一起去買黃豆粉麵包，也想跟四糸乃一起悠閒地度過時光，還有跟七罪一起去買前幾天發售的遊戲——

「嗯，看起來有『億』點閒（非錯字）呢。少廢話，沒玩別想回去。」

「太不講理了吧！」

既然如此，士道也只好答應了。十香、四糸乃、七罪等人也聞風陸續趕來。至於對這類話題向來必定一口答應的二亞，因為截稿日定在星期五傍晚，她通常會使出硬拗到星期一晚上再交稿的招數擾亂出版社的時間序列，所以不參加。真可憐。

「那麼，各位玩家這邊請。」

「喔、喔喔。這裡是什麼地方啊？」

士道呆愣地環顧四周。廣大的空間有四個球狀的乘坐設施。要是二亞在場，肯定會大喊：

「是GASE的超大型360度機臺！」興奮得暈倒吧。

「我正當地擅自借用了〈佛拉克西納斯〉的空倉庫。」

顯現出來的瑪莉亞得意洋洋地挺起胸膛。

「妳剛才說的話好像有矛盾耶……」

對喔，這個AI基本上並非善類——七罪繃緊神經，想怒罵經不起新作VR遊戲的誘惑而趕來的自己。不過老實說，自己鮮少有機會能體驗如此大型的機臺，因為必須去遊樂場才行。

「只要進去這裡面就可以了嗎？」

瑪莉亞點頭回答十香的提問。

「沒錯。這些都是機臺，要選哪一臺玩都可以。進入裡面後，會播放說明影片，請按照指示佩戴機器。還有問題嗎？」

「沒問題～～」×4

就這樣，五河士道、夜刀神十香、四糸乃和七罪四人便開始試玩體驗精靈VR遊戲。

◇

「這樣就OK了……」

球狀機臺裡沒有椅子，似乎是站著玩的。身體有用附避震器的金屬棒牢牢固定住，但士道的體重令地板有些下沉。

『請確定身體是否能像接下來的畫面活動。』

做了幾個像廣播體操的動作，確認能活動自如後，畫面轉換到下一個步驟。

『請選擇要體驗的精靈。』

「喔，所有精靈都有啊。」

十香、四糸乃、狂三、琴里、八舞姊妹、美九、折紙、七罪、二亞、六喰。

與士道培養情誼，並肩作戰——或是反過來說，與士道交戰的人物都在那裡。

「嗯~~……」

那麼，該選誰好呢？最好不要選擇今天一起來的那三個人吧。雖然用同一角色對決感覺也挺有意思就是了。

士道考慮過後，決定把狂三和美九也屏除在外。玩這兩個角色需要極高的技巧，除非本人，否則難以發揮十全的力量。

就這層意義而言，很遺憾，也難以選擇八舞姊妹。畢竟士道只有一副身軀。

士道決定把二亞也屏除在外。沒有勝算。完全看不見勝算。總覺得二亞在遙遠的天空哭哭啼啼地抱怨：「好過分喔，少年～～！」抱歉——士道向天空謝罪。

如此一來，就剩下琴里、折紙與六喰。雖然六喰也是需要技巧的角色，但她的力量非常強，再加上是最後封印的精靈，不太能說是百分之百理解她的能力。

「好，先選六喰吧——」

就在士道打算從飄浮在空中的精靈角色當中選擇六喰的瞬間，突然感受到一股迷失於死地般的感覺。

「體驗精靈ＶＲ——」

也就是成為精靈本身，而非從旁望著精靈。

這是理所當然。

然而，如此一來，自然會變成精靈的姿態。

士道輕輕拍了拍自己的胸膛。身為男性的五河士道，除了胸大肌多少有些發達之外，幾乎是平的。

他看了六喰，再看了折紙。

最後看看自己的胸部。

「好，選琴里吧！」

『你已選擇五河琴里。』

好險，真是千鈞一髮。謝謝妳，琴里。琴里萬歲。

『話說，可以請問你為何選擇琴里嗎？』

「哈哈哈。瑪莉亞，那當然是因為不選琴里的話，胸口會──」

『胸口？』

「胸口……會無法感受到雀躍之情……！」

好險好險，差點就要發生血光之災了。要小心漆黑的夜路與發怒的琴里。

「怎麼了，司令？」

「不知為何……我突然很想用盡全力勒緊士道的脖子……」

『那麼，所有人準備完畢。Ready……Go！啊，這裡的Ready是雙關語，也意指發音相近的Lady。』

就這樣，體驗精靈VR在發表無關緊要的諧音哏的同時開始了。

「嗚哇！」

回過神後，士道已佇立在荒野，而且感覺視線很低。他望向自己的手，發現單手握著巨大的戰斧。

純白和服的袖子有火焰搖曳著。頭上感覺有點怪怪的，一摸才發現長了角。

還有平坦的胸部。

「呼……果然選擇琴里是對的。」

要是選擇六喰，絕對很不妙吧。瑪莉亞無庸置疑會把這個體驗精靈ＶＲ全部記錄下來。

然後恐怕會設定成之後任何人都能觀看的狀態。

包括五河士道的觀點和言論，一切的一切。

『為什麼說是對的呢？』

「當然是因為…………火力是很重要的能力啊！」

火力很重要、攻擊力很重要、體格很重要。

『原來如此。身為精靈的琴里，蠻力可說早已是人類砲臺、人類88mm高射砲呢。抱歉，應該說是洪荒之力；抱歉，應該改成火部的烘荒之力，總之就是火力。』

「有必要一直重複強調嗎？」

面對士道的吐槽，瑪莉亞裝傻帶過。

『——好了，先不說這個了。你有看到視野右邊角落有個雷達嗎？』

「我看看喔……啊，是這個吧。」

『這不是你自己本來的力量，但終究是體驗精靈的遊戲，所以上頭顯示的紅色光點代表其他精靈的位置。』

「原來如此、原來如此……哇哩咧！」

一個光點以風馳電掣的速度逼近。感覺超越了音速筆直朝士道的下方而來，毫不猶豫、堅定不移。

「是想開打嗎……！」

光點終於抵達眼睛看得到的距離。藍白色的光。士道恍然大悟。

百折不撓，勇往直前，如光一般的少女。

自己認識許多精靈，但只有一人會採取這樣一心一意的行動。

「……原來是十香啊～～」

「嗯？不是士道，是琴里啊。」

「不對不對，我是士道沒錯。」

「嗯？……啊啊，原來如此。士道變成了琴里啊。嗯！」

「沒錯沒錯，就是這樣。」

「好，那就來交手吧！」

十香爽快地說道。該怎麼說呢？一副像是在說「一起玩吧」的態度，令士道不禁苦笑。

當然，士道也是這麼打算的，不過……

「啊，瑪莉亞，我姑且問一下，妳有阻斷痛覺吧？這是基本的吧。」

「咦！嗯…………當然沒問題。我剛才阻斷了。」

「妳說剛才！體驗精靈差點就變成悲慘的遊戲了！」

『完全沒問題～～！鐵打的身體不會吃虧，開始交戰吧～～！』

「好！那麼琴里！不對，是士道？不對，是琴里？……士里？」

「嗯。聽起來好像虛擬助理的名字喔，叫我士道就好了。」

「嗯！那麼士道，我要上嘍～～！」

十香神采奕奕地舉起劍。

「唔喔！這麼突然嗎！」

士道慌慌張張地舉起戰斧迎擊。

氣勢與咆哮交錯，鋼之花盛開。

「好快……！」

十香的天使〈鏖殺公〉的武器種類屬於劍，但嚴格來說與收進背後王座的劍鞘是一組的。

若是使出真本事，那把劍的破壞力實在令人難以承受。

……總而言之，先暖暖身吧。

「呀！喔！哇！」

（嗚哇，跟平常戰鬥的感覺不一樣啊！）

士道與琴里身高差了二十五公分。差這麼多，手腳的長度自然也不一樣。

也就是說，抓不到平衡感。

本來以為要碰到的地方卻沒碰到；能防禦到的地方卻沒防禦到。

「唔……！」

士道反射性跳開一大段距離。十香也跟著跳躍，開始空中戰。

然後士道馬上領悟到自己失策了。

（雙手雙腳的長度感覺更不協調了！可惡，是因為打空中戰嗎！）

雙腳確實踏穩地面時，某種程度還能忽略身體的不協調感，但以雙手雙腳輕踢天空飛翔的現在實在難以忽略。

另外，就是單純覺得——

（我妹的腳好白！）

從剛才起，每次活動都會不時瞄到，就士道的立場看了有害。

戰鬥愈來愈激烈，士道勉勉強強維持住戰況。

「……？」

十香對自己遲遲無法戰勝感到疑惑，打算再展開進一步的攻勢時，恍然大悟。

「喔喔，士道，你該不會習慣了吧？」

士道頂著琴里的臉，「呵呵呵」地露出自信的笑容。

「是啊，我大概抓到訣竅了。首先是……這樣！」

士道一開始想好好握緊戰斧，確實地揮舞，但戰斧又長又巨大，當用雙手握緊揮舞時，所有動作都會變得笨拙。

那麼，該如何發揮戰斧的優點來達到攻擊的目的呢？

沒必要好好握緊確實揮舞。只需要運用離心力，以及將戰斧的軌道最大化的身體動作。轉換戰斧的方向時也不靠雙手，而是活動整個身體來讓它旋轉。

「喔喔！」

十香發出驚訝的聲音。從橫掃立刻轉換成縱向攻擊，這也是活動自如地旋轉整個身體所發動的連續攻擊。

士道的攻擊直接命中十香的右肩，造成她不少傷害。如果說十香的作戰方法是一點一點累積攻擊傷害，琴里的作戰便可說是隨時有可能一擊逆轉的賭博式做法。

「士道，真有你的！」
「是啊，畢竟是我妹嘛！」
在這時誇耀自己的妹妹，士道也真是夠了。
「……好奇怪喔。這次我想稱讚士道耶。」
「妳是身體哪裡有毛病嗎？」
唔～～琴里懷疑是不是瑪莉亞幹了什麼好事，決定操作控制檯確認體驗精靈ＶＲ遊戲。
「我看看喔，成員有十香、四糸乃、七罪，還有士道啊。士道選擇的精靈是……」
原來如此——琴里深深頷首。她捏了捏自己的臉頰避免露出微笑。
也難怪自己會想稱讚士道。當琴里想通這一點時——
「……呼～～」
她看見士道（外表是琴里）拍了拍胸口，鬆了口氣的畫面，這才明白剛剛自己為何會湧起一股殺意。
「呵呵呵呵！」
士道，此仇不報非君子。

「士道，你怎麼了？」

「沒什麼……只是突然感覺到一股寒意……算了，我們繼續吧！」

「嗯。那麼，我差不多該使出殺手鐧了。」

十香的身旁出現王座。王座瞬間粉碎，纏繞到劍上，隨後便出現一把人類無法運用自如的巨劍。

「那我也必須使出殺手鐧了……！」

體驗精靈VR這名字可不是浪得虛名，士道腦袋裡一浮現想法，VR便能自動做出動作。

士道拉開與十香的距離，舉起右手。戰斧的利刃頓時消失，化為接合在手臂上的巨砲。

雙方抱著巨大無比的武器，對彼此使出必殺技。

現實世界中絕對「不能相遇」的兩個天使展開激戰。

「〈鏖殺公〉──【最後之劍（Halvanhelev）】！」「〈灼爛殲鬼（Camael）〉──【砲（Megiddo）】！」

雙方的必殺技出擊、炸裂。

眩目的光芒、烈火、黑暗、破壞。彷彿不允許所有建築存在，周圍一帶煙消雲散。

『若是在現實世界，就發生了超越核子的能量呢。會不會誕生神明啊？』

瑪莉亞傻眼地低喃。

「喔～～好厲害啊，士道！」

「啊～～嗯。還好妳沒跟琴里交戰……真的太好了……」
「嗯？那是當然的啊。琴里是個好孩子！」
「嗯、嗯。十香也是好孩子喔～～真的很乖。」
總之先摸一下十香的頭。琴里撫摸十香腦袋的畫面實在是非常溫馨。
『這是會在影音平臺上小小爆紅的那種影片呢。』
瑪莉亞的發言毀了一切。

◇

——就在琴里與十香展開有趣健全的超凡戰鬥時。
四糸乃與七罪兩人將臉湊在一起討論：
「要選誰才好呢……」
「嗯～～……要不要就選自己？」
七罪為歪著頭煩惱的四糸乃指引方向。她學會在這種時候選奇特的選項通常會造成反效果。
然後兩人降落到廣闊的荒野。
「不是街道呢。」

七罪低喃。瑪莉亞回答：

『是的。因為破壞人類的建築物可能會令精靈的精神狀態不穩定，便設定成這種以前動畫中經常出現的荒野。』

「是喔。難道不是因為系統資源不足嗎？」

『心頭一驚。我說的當然是真的呀。妳那是胡亂中傷，小心我告妳喲。』

「等一下。妳突然辯解這麼多，反而很可疑耶。而且，妳還說『心頭一驚』。」

七罪對維持自己平常的身體感到安心，試著跳躍、揮動手臂，自行判斷——嗯，並沒有什麼改變。

「四糸乃，妳有覺得哪裡不對勁嗎？」

四糸乃摸了摸自己的身體，搖搖頭。

「好像沒什麼不一樣。」

「應該能使用天使……我們就先用看看吧。」

「說得也是。呃～～……〈冰結傀儡〉？」

四糸乃呢喃的瞬間，發出某種東西膨脹的聲音。

「哇、哇、哇、哇哇哇……！」

四糸乃的下方出現一隻巨大的兔子。

非鋼鐵怪物的冰結怪物。在VR世界理應感覺不到寒冷，然而震撼身心的強大力量就存在於那裡。

「哇啊～……這就是四糸乃的全力啊……」

若是普通的生物，光是待在現場就會結凍或是因為冰礫而受到持續傷害，不到一分鐘便會死亡吧。

昔日海外傳說地獄的最下層是極寒地獄（Cocytus），看來的確是如此吧。七罪如此心想。

寒冷、冷冽、冰凍。

與燃燒一切卻象徵生命的火焰恰恰相反。

是迅速毀滅一切，死亡的概念本身。

「好了，那我也稍微試一下吧～……」

於是，七罪也用〈贗造魔女〉久違地變身成大人版七罪。

「看我使出全力……一、二、三！」

七罪旋轉掃把，改變附近的岩山。軟柔的棉花堆積成山。就是這個，這就是我全盛時期的力量。

七罪心滿意足地點點頭，又開始變換物體。

——五分鐘後。

「我差不多膩了。」

「……是啊……」

『好快，未免太快了吧。』

「不是啊，仔細想想，無論是現在還是過去，雖然有力量差距，做的事都大同小異啊……」

七罪精疲力盡。她已變回平常小朋友版本的模樣。

『那麼，機會難得，變成其他精靈如何？』

「其他精靈啊……嗯～～要選誰好呢？」

「……呃，我……想選這個人吧……」

「咦，四糸乃，真的假的？」

「真的。如果能變成其他精靈，我覺得這個人應該不錯。」

「是、是嗎？我是不反對啦……」

七罪覺得靦腆的四糸乃真是個可愛的小天使，不對，是小精靈。姑且不論這個。

『……感覺很有趣呢，好！』

「沒問題吧？不會故障吧？」

『……應該不會，好！』

雖然對一口答應的瑪莉亞感到些許不安，但不安就不安吧，七罪也決定選擇其他精靈。

要選誰才能襯托出四糸乃選的精靈呢……沉思默想後，七罪做出決定。

「好，就選她吧。」

看見七罪選擇的精靈，四糸乃發出驚訝的聲音。

◇

十香與士道（琴里）飛翔在空中，尋覓四糸乃與七罪。

「差不多該遇見她們了吧？對了，十香有遇到她們兩個了嗎？」

「唔？沒有，我最先得知士道的位置，就筆直衝來找你了，所以沒有遇見她們。因為我想先見到你啊！」

「這、這樣啊……」

士道清了一下喉嚨掩飾害羞。

『十香真是勇往直前呢。』

「哈哈哈，今天的瑪莉亞情緒真高漲呢……嗯？」

兩個光點（四糸乃與七罪）開始朝他們急速移動。

「喔喔，是四糸乃、四糸奈跟七罪吧。她們也已經交手過了嗎？」

『與兩位相比，她們只是稍微嬉鬧的程度。畢竟你們是核爆等級嘛。』

「反正是體驗精靈，沒關係啦。大概吧。」

「士道。」「士道～」

「喔！」士道舉起手正想回應時，頓時全身僵硬。

「……呃……妳們是四糸乃……跟七罪……嗎……？」

「是的！」

那麼，就在這裡發表兩人選擇的精靈是誰。首先從七罪開始。她現在的模樣是穿著赤黑色的靈裝，眼睛呈現時鐘的錶盤樣貌，手裡還拿著兩把老式手槍。也就是——

「嘻嘻嘻嘻嘻。時崎七罪登場……開玩笑的啦……」

七罪變成了時崎狂三。或許是因為這樣，她的笑聲有些僵硬。

「啊，嗯。妳是……七罪吧？裡面沒有替換成狂三吧？」

「沒有沒有。那也太恐怖了吧……」

「然後，四糸乃是……四糸乃？」

「呵呵呵！現在的四糸奈是狂暴的四糸奈喲，士道。」

在那裡的，既是十香也非十香。

黑暗與漆黑的具現化。她手裡拿著大劍〈暴虐公(Nahemah)〉，也就是反轉的十香。

那就是四糸乃所選擇的精靈。

「唔……有個全身黑漆漆的我存在呢，士道！也就是說，那是我嗎！不對啊，我在這裡啊！所以妳這傢伙到底是誰！」

「是四糸奈喲～～」

士道與七罪「咳唔」地悶哼一聲。反轉十香手中明確地戴著四糸奈，這個狀況實在是超現實主義到了極點。

「這樣啊，看手上的手偶，果然是四糸乃吧！也就是說，就像士道變成琴里，四糸乃也變成我了！……呃，所以說……」

「事情明明滿單純的，為什麼感覺愈來愈複雜了啊！四糸乃變成這邊的十香！我變成狂三！我們兩個是一隊的！完畢！」

「……嗯！雖然好像還有些不懂，不過我知道了！」

「呼～～果然聯手是正確的。為了讓四糸乃獲勝，我會努力的！」

「好、好滴！一起加油吧，七罪。」

「神啊，天使在哪裡呢？神說：『現在在〈佛拉克西納斯〉。』」

七罪的情緒一口氣高漲。

士道見狀，感到信服並領悟到自己這方不利。

「七罪是協助者嗎？」

「當然……當然素～～呀～～」

「狂三說話可沒那麼含糊不清！」

「有什麼關係嘛。反正是冒牌貨……滴呀。」

簡直是亂七八糟。

「咳，先別管這個了，我本來也算是協助者類型，既然如此，比起直接對戰，我覺得這種方式比較適合我。你們那邊都是頭腦簡單，四肢發達的類型。」

「戳到痛處了……」

十香和士道（琴里）基本上都是出拳、砍殺、轟飛、發出光波，因此沒有餘力再去協助其他人。

而七罪選擇的狂三則是可以用【四之彈（Dalet）】回復、【八之彈（Het）】佯攻、【七之彈（Zayin）】減益、【一之彈（Aleph）】增益等能力，在所有狀況下都能運用自如（而且武器是遠距型），是超絕萬能的協助者類型。

老實說，如果當初遇見狂三時，她有精靈共犯……而且剛好是像琴里或十香這種用火力硬拚到底的類型——

如今士道或許就不是處於能悠閒玩著ＶＲ遊戲的狀況了。

換句話說，現在可說是那個可以想見的最糟糕的情況。

「我……我會努力的……對吧！」

「呵呵呵。四糸乃，放心吧。只要妳有一根手指受傷，我就會立刻幫妳回復……沒錯……我不允許女神受傷……」

七罪的眼睛轉呀轉的，有點不妙。另外，四糸乃直接從天使升格成女神了。

「……好，總之，十香！」

「嗯！」

「盡全力砍向四糸乃……不對，是另一個妳！不要手下留情！火力全開，全速前進！」

「我知道了！非常淺顯易懂喔，謝謝你，士道！」

「嗯。我——」

士道瞥了時崎七罪一眼。琴里與狂三曾經交戰過一次，當時琴里以火力壓制住她……不過如今回想起來，在狂三使用【七之彈】時，琴里也有一些差點自身難保的部分。

雖然也很擔心兩個十香的激戰會如何，但如果狂三徹底協助反轉十香，自己這方肯定會吃敗仗。在她忙著協助時，讓她的ＨＰ歸零恐怕才是正確的攻略法吧。

「好～～我要上嘍～～！」

「是、是的！十香，妳請吧！」

兩人的對話令人會心一笑，但十香立刻在空中衝刺，逼近四糸乃；四糸乃則舉起大劍應對。

然後——展開激戰。

士道看了一下兩人的戰鬥，自己也和七罪對峙。

「我要上嘍，七罪！」

「了解！但這是假動作，我其實是要對四糸乃發射【一之彈】！」

「唔哇！」

第一招就使用【一之彈】增益，而且不是用在自己身上，而是用在四糸乃身上。

「哇哇哇！」

不過，四糸乃對自己突然加速感到吃驚，差點弄掉手中的劍。

「……喂……」

「呀啊啊啊啊啊啊啊啊啊啊啊！抱歉抱歉抱歉！四糸乃——！」

七罪露出一副世界末日般的表情吶喊。

「沒、沒關係～～！謝謝妳！」

四糸乃立刻出言安撫，七罪才好不容易恢復平靜。不過士道認為必須指出她的錯誤，便把自己的想法說出口。

「嗯，七罪……之後要對同伴增益的時候，事先宣言後再行動吧……」

「呵呵呵。畢竟我以前沒有在線上遊戲中扮演過協助者的角色……不對，說得正確一點，是因為我總是自己一個人玩遊戲，無法協助別人……」

「……好～～開戰吧！」

士道故意大聲說話避免尷尬。不過，明明是自己發出聲音，不知為何卻變成琴里的聲音，感覺好奇妙。

機會難得，好想對廣闊的天空大喊「我最喜歡哥哥了♡♡♡喜歡喜歡，愛死了啾♡♡♡」，但要是傳進琴里的耳裡，可能會被追殺，還是算了。

「哎呀，討厭，好想用腳踐踏士道啊。」

琴里突然冒出這種想法。

「那不是妳平常就在做的事嗎？」

其中一名部下指摘道。

「說得也是呢。」

「就是說啊。」

——事情就是這樣，戰鬥開始。

「喝、喝啊——————！」

「我要迎擊嘍！」

四糸乃揮劍使出斬擊，十香予以應戰。

「哇、哇、哇，好厲害！」

在與那個十香（而且是封印精靈之力前）勢均力敵地互砍時，四糸乃就已經暈頭轉向了。

不過，唯一能確定的是她超級樂在其中，感覺正在玩一款魄力十足的遊戲。

四糸乃的操作方法是玩格鬥遊戲時激烈按壓轉動控制器的玩法，但十香與反轉十香基本上本來就是能立刻連續放大招，適合新手玩家玩的精靈。

隨便動動好像就會從劍射出光波，相反地只要稍微動一下身體，就能輕鬆閃避或反彈光波，簡直是盡善盡美。

而反觀另一邊——

「呀啊啊啊啊，操作好複雜啊～～～～！」

「我想也是！」

七罪陷入苦戰。

「要做的事……要做的事太多了……！」

七罪說出這句好像為了設置圈套而東奔西跑的犯人會說的話，同時開槍。

「……要不要等妳習慣怎麼操作再繼續打？」

「我好歹也算是個詭計多端的搗蛋鬼（Trickster）……！等我一下，我會想辦法解決的～～！」

也難怪士道會提出這個建議。從剛才起，七罪就對自己施加減益招式，對敵手施加增益招式，最後甚至用【四之彈】幫受傷的士道療傷。

時崎狂三雖然是個萬能的協助者，但正因為萬能，相較於戰鬥時的選項頂多只有「接近敵人砍殺」、「回避」、「防禦」、「發射光波」的精靈，她要面對即時湧來的十二個選項。

當然，雖說七罪的靈力也已遭到封印，她畢竟是精靈。不過狂三不好操作的程度，恐怕連頂級玩家都難以駕馭。

就像讓嬰兒駕駛綽號悍馬的超級跑車一樣。若是一邊射擊一邊決定要發射哪一枚子彈，判斷會太慢，必須一邊射擊一邊考慮十秒後要射擊什麼才行。

看見七罪苦戰的模樣，士道也再次窺見時崎狂三為何會擁有夢魘這個稱號，對她敬佩不已。

「看妳好像準備好了，這次換我進攻！」

士道如此說道，雙手拿著戰斧攻向七罪。

「【一之彈】！」

這次七罪確實地射向自己。她一躍而起，回避士道的攻擊，同時對自己跳躍的異常速度感到頭暈目眩。

（啊……對喔。既然時間加速了，連跳躍再落下的時間也會高速化。這是怎樣，太強了。）

連落下的速度都能加速或減速。對方無法冒然跳躍，只要狂三加速，便無法在她跳躍時配合攻擊。

「嘿咻！」

「嗚哇！」

大概是因為在思考這些事，七罪對於士道回頭發動的斬擊，反應慢了一步。不過她還是成功向後仰躲避了攻擊。

「嗚哇～～……加速真是個賤招呢～～……」

七罪如此低喃。

「不不不，七罪妳的招數也不遑多讓吧？」

士道想起她提出的遊戲，當初贏得非常驚險。

「話說，七罪，妳不害怕戰鬥嗎？」

面對士道的提問，七罪歪過頭。

「嗯～～……這雖然是VR，不過是遊戲吧？我是會將遊戲與現實區分得很清楚的那一派。

另外，畢竟是別人的身體嘛～～……」

「嗯，我懂。」

「而且也不會痛，能毫無顧忌地戰鬥。所以，我已經習慣了，看招！」

「嗚哇！」

七罪出其不意地發動攻擊。士道在千鈞一髮之際閃過攻擊，不過那枚子彈擊中了在士道背後戰鬥的四糸乃。

「很好！」

然而，七罪在這時握拳叫好。四糸乃中彈後，威風凜凜地面向十香，發出「呀～～！」的可愛吆喝聲，直逼十香。

「唔，變快了！」

「七罪，謝謝妳～～！」

「嗚哇，剛才那是【一之彈】嗎……！」

「我想這點距離，你應該會避開。」

七罪露出狡黠的笑容。她似乎習慣如何駕馭繁複的操作了。七罪的鬼點子本來就很多，算是很適合反向思考吧。

「接下來就是雙雙聯手決勝負了……了喲。」

「哎，妳用平常的語氣說話就可以了吧。」

打到這裡，原本一對一×2轉為二對二，也就是雙人聯手對決。

◇

「四糸乃，交換！」

「好、好的！我下去！」

「唔唔，什麼！」

「十香，七罪就交給妳了！四糸乃換我接手！」

剎那間，彼此的對手交換。七罪隨興帥氣地拿起兩把槍不斷射擊，腦中想著：呀呼～～開槍掃射好開心啊！

「這種就叫作那個吧。我想想，囂張！……對吧，士道？」

「……妳說得沒錯喔，十香！」

不過正如十香所說，七罪的猛攻全被十香的靈裝嚴實地擋了下來。十香沒有閃避子彈，直接舉起劍——

「【七之彈】！」

「……！」

時間停止的子彈命中十香。

「十香，等一下！」

明知道十香聽不見，士道還是如此大喊，打算衝到她的下方。

「才、才不會讓你得逞～～！」

四糸乃理所當然地繞到他前方，阻擋他的去路。士道煩惱該怎麼辦時，突然想到一個妙計。

「嘿咻！」

士道高舉戰斧，猛力揮下。四糸乃有些吃驚，但還是理所當然地舉起劍擋下攻擊。

「抱歉啦，四糸乃！」

「咦？哇哇哇！」

士道將被擋下的戰斧掛在劍身，同時跳躍。戰斧的利刃必然成為軸心，士道便一邊防禦斬擊一邊飛越四糸乃。然後利用旋轉的作用力再旋轉一次，將戰斧扔了出去。

「噫咦！」

面對超巨大戰斧高速旋轉逼近而來，七罪陷入恐慌。目前只有兩個選項，回避或者迎擊。

「七……【七之彈】！」

七罪選擇迎擊。士道的戰斧完全停止。同時她感受到一股猛烈的「減少感」。

「糟了……時間……！」
十香展開行動。由於先前時間被停止，對於七罪瞬間動作感到有些奇怪，但她身為戰士的直覺還是悄聲告訴她別去理會。
「就是現在！」
「唔……！」
儘管受了傷，七罪還是拉開距離，用眼角餘光觀察追上來的十香，並且思考剛才一連串的過程，在腦中舉行反省會議。
七罪的行動有幾個地方失策。

・使用【七之彈】阻止戰斧。
・沒有考慮到「時間」這個狂三獨有的能力。
・因為暫時壓制住十香而感到安心，沒有注意到士道的行動。

也許應該先回避戰斧。不，考慮到那條路線和察覺的時間，恐怕來不及。
不過，應該使用【二之彈】，而非【七之彈】。
如果使用【二之彈】，應該也能有餘力應對十香的攻擊。

然而因為使用【七之彈】，導致七罪擁有的「時間」大量減少。

這或許才是陷入恐慌的主因。

時崎狂三的能力有使用次數的限制。仔細一看，狂三的參數與選擇七罪的時候不同，多了一個「時間」的項目。如果不管它，過一陣子會不斷增加，但使用【七之彈】時會大量減少。

與其說是ＭＰ，感覺比較像是在遊戲中的體力項目。就好比用盡全力衝刺的話會立刻氣喘吁吁，停止不動就會立刻回復。

『順帶一提，因為遊戲平衡調整，時崎狂三的時間耗費得比原本還要劇烈。』

「嗯。」

雖然變成了體驗精靈格鬥ＶＲ，而非單純的體驗精靈ＶＲ，七罪還是決定姑且不放在心上。

總之，反省會議結束。

那麼接下來該展開反擊了。想是這麼想啦——卻跑出一整排選項。

該選哪一個，該射擊哪一枚子彈才對？迎擊與逃走，然而無論如何都必須防止她的突擊。

…………不，不對！

「【一之彈】！」

現在需要的是協助四糸乃！不過，這枚子彈不是射向她，而是射向剛才用【七之彈】停止的戰斧。

「糟了……」

士道將手伸向固定在半空中的戰斧的斧柄，突然一臉錯愕。因為當他快要握住停止的戰斧時，戰斧卻高速旋轉，飛向其他方向。

「四糸乃，來這邊！」

「……好、好的！」

聽見七罪的聲音，四糸乃馬上飛過來。如今失去戰斧的士道（五河琴里）已算不上敵人。那麼，兩人一起打敗人類要塞十香是現狀最好的計策。

四糸乃也理解士道因為失去武器，需要花一些時間才能回歸戰場。雖然覺得這樣有點卑鄙，說起來十香與琴里的組合也是本來就滿卑鄙的，因此四糸乃決定正向思考。

「十香！」

「唔、嗯，怎麼了，士道！」

「抱歉，妳稍微撐一下！」

「……好，沒問題！那就上吧！」

聽見士道說的話，十香明顯打起幹勁。

「好羨慕……」「真羨慕啊。」

七罪與四糸乃同時吐露這樣的不滿。好，總之先打倒十香吧。兩人並非對十香懷恨在心，真要說喜歡或討厭的話，算是歸類在非常喜歡的朋友之中，不過現在就先不論這件事吧！

◇

士道全力飛翔。不過，因時間加速而高速旋轉的戰斧不是兩三下就能追上的。花愈久時間，就愈慢回歸戰場，十香獨自戰鬥的時間必然也愈長。

即使十香防禦到底，對手是反轉十香（四糸乃）與時崎狂三（七罪），單純的戰力有兩倍。何況七罪已大致掌握了狂三的能力，她掌握得愈純熟，便愈會增強戰力。

如此一來，十香便束手無策。只要打敗十香，士道必然也幾乎等同於敗北。士道沒有天才到足以當那兩人的對手。戰爭講求的就是數量與素質，如果素質相同，那麼數量較少的那一方自然會輸。

可是，追不上。

當然，照理說被扔出去的戰斧會漸漸降低速度而掉落，不過每慢一秒，造成己方致命傷的可能性就愈高。

該如何是好？老實說，手上能用的牌不多。士道只能先專心追趕戰斧……

「不對，等一下。」

在這個狀況下只有一個招數能使用。士道定睛等待時機。接著，時機一到的那一瞬間——

「【砲】，輸出功率百分之十版本！」

他如此吶喊，遠距離操作琴里的天使〈灼爛殲鬼〉。戰斧再次恢復大砲的機能，散布烈火。

不過，是朝士道噴去。

『那是在現實中絕對禁止使用的招式。』

「因為事態緊急！」

也就是發射逆火。士道利用反噴射的要領，將〈灼爛殲鬼〉收回手中。

不只如此，士道即使抓住〈灼爛殲鬼〉也沒有打算停止噴射。士道的速度宛如以馬赫飛行的導彈，再次回到戰場。

◇

當然，十香打的是防禦戰。眼看著HP慢慢減少，靈裝也不知道能撐到什麼時候。十香的〈神威靈裝・十番(Adonai Melekh)〉可以阻斷所有物理攻擊，但面對四糸乃與七罪的連續攻擊，實在難以避免損傷。

「再加把勁……！」

七罪強忍著內心焦躁，對四糸乃大聲說道。

局勢對己方有利，非常有利。七罪推斷士道必須花不少時間才能回歸戰線，最少也要五分鐘才能抓到加速的戰斧返回。

必須在五分鐘以內解決十香。七罪對四糸乃射擊【一之彈】讓她加速，對十香則是射擊【二之彈】讓她減速。甚至使出變化球【九之彈】，對十秒後的十香呢喃。

「我在這裡喲，十香。」

「七罪，在後面嗎？……奇怪？」

耳邊突然傳來呢喃聲，十香回頭查看的瞬間，四糸乃使出無可躲避的一擊。十香的ＨＰ再次減少，靈裝的耐久度也幾乎等於零。到目前為止花了三分鐘，還有兩分鐘的時間。

看來用不著使出殺手鐧【八之彈】也能獲勝。

「很好～～我們能贏喲，四糸乃！」

「嗯！」

「唔、唔……怎麼能輸～～！」

不過，十香非常不服輸。她拚命動著手腳、揮舞著劍，傻傻地遵守與士道的約定。

必須盡量爭取時間，能爭取一秒是一秒。如此一來，士道一定會來幫助自己。

「果然還是很羨慕啊，看招～～！」

「是的，非常羨慕呢，喝啊～～！」

當然，七罪與四糸乃也明白這一點，因此拚命攻擊。自古以來，都說嫉妒是最強的攻擊力。

然而——

「很好，十香，妳很努力呢！」

五河士道竟然比七罪預計的五分鐘早了兩分鐘便返回戰線。

「呃，咦咦咦咦咦咦咦咦！為什麼——！怎麼可能！再怎麼樣也太快了吧！」

「我朝反方向使用〈灼爛殲鬼〉的【砲】，火速飛回來了。」

「嗚哇，你有病啊。」「噫啊……」

七罪的感想很直接，應該說，她覺得很傻眼。連四糸乃也嚇傻了。到底是怎樣才會想到這樣的手段？

『另外，如果在現實中使用這招，回程經過的地方都會被燒燬，因此不建議使用。應該說，絕對不能使用。』

「我想也是！」

總之，攻勢逆轉。七罪與四糸乃為了打倒十香傾盡全力，因此轉攻為守後，之前的後座力便一口氣反撲而來。

十香繞到士道的背後等待回復，再次參戰。在她回血的期間，士道一邊爭取時間，一邊揮舞〈灼爛殲鬼〉箝制四糸乃與七罪。

七罪慢半拍才使出【八之彈】，但產生的時崎狂三是靠獨自思考來行動的ＢＯＴ（軟體的極限），根本無法成為什麼強大的戰力。

……事後，七罪闡述了她的敗因。

七罪說：

「應該說啊～～我雖然行使了時崎狂三的力量，但最了解她力量的除了狂三本人以外，就是士道了吧。嗯，我是輸在情報戰。他好像想了不少對策。」

首先，針對【二之彈】或【七之彈】這種妨礙行動的招式，他會觀察我開槍之前的徵兆，事先拉開距離。如果是【一之彈】，他反而會縮短距離，不重視速度，而是用蠻力猛攻。

士道說：

「咦，情報？是很重要沒錯，我很努力地記住了。精靈的力量很強大，甚至超越人類的智慧。不過，使用靈力的是擁有人類思考的人。而且我跟狂三討論過好幾次，仔細考慮過如果遇到什麼樣的情況要怎麼解決。不只是我，曾經跟她打過一次的琴里也是。」

「啊嗚～～……」

「可惡～～輸了！」

四糸乃操作的反轉十香率先倒下，而七罪操作的時崎狂三也被士道乘勝追擊發射出的【砲】打得落花流水，勝負已定。

『恭喜士道、十香組獲勝～～』

「嗯，太好了呢，士道！」

「十香，妳很努力呢！」

與歡欣鼓舞的兩人呈現對比，七罪與四糸乃咬著手指表示羨慕。

『多虧各位的試玩，我想這個體驗軟體應該有機會升級。謝謝大家。』

遊戲在瑪莉亞的發言下結束，士道為了安慰垂頭喪氣的七罪與四糸乃，答應晚餐會做任何兩人愛吃的食物給她們吃。

「啊，對了對了，瑪莉亞。」

『嗯？什麼事，士道？』

「沒有啦，其實我有點在意……」

——事後……

『正如士道指出的，我們發現時崎狂三可以利用【八之彈】產生許多分身，然後藉由回到選擇精靈畫面來無限增殖其他精靈，因此全面禁止使用這個ＢＵＧ技。』

『順帶一提，從這一點深入檢查後，也發現了另一個ＢＵＧ。那就是將精靈全部重選成美九後，利用〈破軍歌姬〉(Gabriel)一齊發動【輪旋曲】(Rondo)的話，不只是軟體，可能還會對〈佛拉克西納斯〉的管理程式造成損傷。』

『以後，我將稱呼這個ＢＵＧ為【絕對惡夢‧無限美九大絕招輪旋曲世界末日ＢＵＧ】，在修正之前暫時禁止用美九玩這款遊戲，請見諒。』

「不好意思，那個ＢＵＧ的名字未免太過分了吧～～！」

誘宵美九提出抗議，但沒有被理會。另外，她濫用精靈無限增殖ＢＵＧ，讓前後左右上方出現許多好可愛的精靈！大後宮！超幸福！超美味！幹出這等好事，結果被禁止進入一個月。

任何人都能體驗精靈的ＶＲ遊戲，各位也玩玩看如何？

遊玩的條件非常簡單！

·是精靈。

·是五河士道。

只要滿足其中一個條件就ＯＫ了喲，完畢！

DATE A LIVE ANOTHER ROUTE

TrueroutеMUKURO

Author: Fujino Omori

真實路線六喰

大森藤ノ

天空一片漆黑。

夜晚降臨。

依稀可見宛如淚水乾涸的星光，不見月亮的蹤影。

而陸地也猶如鏡子，一片黑漆漆。

連海洋也伸手不見五指。

地平線與水平線失去了意義，沒了邊界的世界朦朧不清。

總之，世界只留下「一名少女與一名少年」，死氣沉沉。

「郎君……張嘴。」

少女在杳無人煙的大地，面帶微笑。

她用纖瘦的手指拿起乾麵包，伸向枕在她大腿上的少年的嘴邊。

少年毫無反應。

沒有外傷，眼睛卻失去了生氣。仰望著虛空，微開的嘴巴並未吐出話語。所以，少女將乾麵包含在自己的脣間，仔細咀嚼，用嘴巴餵他吃。

周圍無人守望兩人，坍塌的廢墟沒有任何遮蔽物。

只有無邊無際、朦朧不清的水泥鋼筋沙漠。

這座城市昔日名為天宮市。

如今只是一塊唯獨少年與少女存在的空地。

「郎君，你有何渴望之物嗎？」

「……」

「想吃何物？想飲何物？」

「……」

「玩遊戲如何？妾身雖然不太會玩，但願意為了你練習。」

「……」

少女人稱六喰；少年人稱士道。

將這個世界變成「兩人世界」的，是六喰。

一切就像扣錯鈕釦一樣。絕望、孤獨、渴望、家人。許多事物不斷累積，導致六喰崩潰、失控。渴望無可取代的家人，渴求愛情，然後變成了怪物。

「毀滅一切，甚至葬送了其他精靈」。

精靈們在浴血的戰爭（DATE）中敗北，少女成為唯一的勝者。

倘若有所謂的「正史」，那麼這個世界便是沿著不符合任何世界的道路前進，最後六喰又大幅偏離了那條路徑。

『才不是這樣。』

抵達後，等同於女神的零之存在以誰也聽不見的聲音呢喃，隨後離去。

就這樣，形成了六喰與士道的兩人世界。

「有什麼希望妾身為你做的嗎？只要是為了郎君，妾身願赴湯蹈火，在所不辭。」

靈裝像是訴說著過去曾發生過激戰，到處破爛腐朽。那副模樣宛如魔王的殘骸，或是野獸。

「妾身願做任何事。真的，任何事皆可……所以……」

兩人世界對六喰而言是樂園。

是幸福本身。

「所以…………郎君，呼喚妾身吧。」

本應是如此才對。

「注視妾身吧……！」

然而，六喰彎起眼睛，流下淚水。

因為士道不會笑。

不會呼喚六喰的名字；不會像當初那樣溫柔地撫摸她的頭。

而是淪落成像植物一樣，生命也將走到盡頭。

時間已不知經過了多久，但足以令六喰察覺到自己犯下了過錯。

六喰自以為是的愛，讓士道陷入不幸。

六喰與士道無法成為亞當與夏娃。

「妾身……妾身……！」

湧上心頭的是無盡的後悔，用罪惡感這個詞彙還不足以表達她的悔恨。自己親手葬送的精靈們的聲音、憤怒、傷悲，折磨著六喰，讓她墜入地獄深淵。

無人安慰少女。包圍流淚的六喰的，只有沉默的瓦礫墓碑。

「妾身大錯特錯……！一步錯、步步錯……！」

四周只響起六喰的嗚咽聲。

她只是想永遠和士道在一起，如此而已。

結果卻招致這樣的後果。悲慘的後悔沒有帶來嘲笑和失望，只有無可挽回的現實冷漠地擺在眼前。

漆黑混濁的眼睛以淚洗滌後，恢復純粹的光芒。

終於發現過錯的六喰詛咒自己，不斷對無人的世界道歉。

「…………倘若……」

顫抖聲落下，她手臂哆嗦著緊抱少年。

「倘若……能夠改正錯誤……妾身……想將郎君……以及各位……」

六喰呢喃著如此愚蠢的假設，正要墜落無可救藥的永恆地獄的那一瞬間。

眼淚滴在士道的臉頰上，他的手動了一下。

「…………刻……刻……帝…………」

少年的手上顯現出一把「短槍」。

「郎君……？」

墨黑的短槍並非普通的槍，而是六喰也十分了解的精靈武裝——〈天使〉。

〈夢魘〉時崎狂三的〈刻刻帝〉。

六喰睜大含淚的眼睛，恍然大悟。

士道打算制裁六喰。

審判毀滅世界的自己的罪行，想要殺死自己。

面對朝向自己的槍口，六喰露出微笑。

微笑著接受一切。

「對不住，郎君……對不住，各位……」

六喰的淚沿著臉頰流下。她閉上雙眼，等待臨終時刻的到來。

所以，六喰並未發現。

瀕死少年的眼睛閃過一絲光輝，企圖拯救這世上唯一一名罪孽深重的精靈。
「……………十、二…………之、彈…………」
龐大的靈力集中於一點，裝填著少年的心意。
扣下扳機的瞬間，重疊的槍聲迴盪在耳邊，六喰的意識染成一片空白。

◇

蟬聲唧唧。
「…………咦？」
毒辣的日光灼燒著柏油路，產生搖曳的陽焰現象。
六喰「佇立在馬路中央」，呆若木雞。
當她的意識從黑暗被拉起的瞬間，她站著的場所並非荒廢的大地，而是有著經鋪設的道路，民房鱗次櫛比的恬靜住宅區。
沒錯。那是六喰破壞一切前的平靜的街景。
昔日記憶中存在的「天宮市」本身。
「…………怎、怎麼回事…………？」

六喰先是懷疑自己的視覺，接著對聽覺感到困惑，對嗅覺感到吃驚。

映入眼簾的落葉樹柔和的綠意；遠處傳來小朋友們的嬉鬧聲；飄散在空中難以說是芬芳的排放廢氣的輕微臭味。全部都是從那兩人世界消失已久的東西。

這是夢嗎？抑或是幻想？

六喰甚至懷疑起自己精神是否正常。她佇立原地，慢慢轉動思考的齒輪，挖掘出導致目前狀況之前的記憶。

自己在那個荒蕪的世界。

被心愛的少年懲罰，目睹他將槍口指向自己——

「————！」

想到這裡，一陣電流竄過她嬌小的身軀。

隨後，六喰一心一意地邁步奔跑。

難不成——

難不成那並非制裁六喰的子彈，而是「贖罪的慈悲」？

難不成封印無數精靈的少年所啟動的是「操縱時間」的能力？

「呼、呼、呼——！」

六喰不理會自己氣喘吁吁，拚命奔跑。

汽車與自行車、藍天與紅綠燈、公車站與制服、公園與貓，以及擦肩而過的人們。每當景色改變，六喰便左顧右盼，然後再次邁步奔馳。

她忘記自己擁有〈天使〉，也將能在天空飛翔的能力拋諸腦後。

只是一個勁地奔跑，尋找唯一的人物。

漫無目的，在人海茫茫的廣大城市中忘我地奔跑。

所以——

找到「他」時，六喰才相信所謂的命運。

「呼啊～～……好睏……」

少年邊走邊悠閒地打呵欠。

他穿著六喰十分熟悉的來禪高中制服，熟悉的眼神與聲音，活生生地站在那裡。

「啊……啊啊……！」

伴隨著顫抖的氣息，聲音漸漸帶著嗚咽。

眼淚從六喰的眼睛滲出。

「嗯……？咦……角、角色扮演嗎？」

少年發現含淚凝視著自己的六喰後，脫口說出完全意想不到的話。

不過，那種事根本無關緊要。

六喰任由從胸口湧出的衝動擺布，緊抱眼前的少年——五河士道。

「郎君！」

「唔哇啊啊啊啊啊啊啊啊啊！」

她摟住少年的脖子，緊貼著將臉埋到少年的懷裡。

他的香味、心跳和體溫填滿了六喰的一切。

士道活著的事實令六喰整個人緊貼住士道，不讓兩人之間有任何空隙。

六喰放聲大哭。

「咦，等一下……怎麼回事啊啊啊啊！」

而士道少年則是混亂至極。

才看見美少女在哭就被一把抱住，還被她豐滿的雙子山不斷擠壓。此刻一向與異性騷動無緣的少年滿臉通紅，處於無法冷靜判斷的狀況。

「郎君……郎君……！」

六喰胃液翻騰，不斷呼喚心愛的少年，同時清楚地理解到——

這裡是「過去」。

是因為時崎狂三的天使〈刻刻帝〉發射出的【十二之彈（Yud Bet）】，而讓時光流倒。

恐怕是為了改變絕望的未來。

若是稱此時此處的士道為「過去的士道」，那麼便是「未來的士道」給予六喰「重新來過」的機會。

（郎君……對不住……謝謝你……！）

無論重來幾次，六喰的罪孽都不會消失。這無疑是傲慢又自私的自我滿足。

即使如此，這次六喰絕對不會再重蹈覆轍。

她要讓士道與他身邊的人幸福。

就算要犧牲自己也在所不辭。

那天，星宮六喰在心中刻下了絕對的誓言。

◇

「哭、哭完了嗎？那就好……呃，我們是初次見面吧？為什麼突然哭著抱住我……？問我討厭嗎？沒、沒有啦，我並不討厭，反而覺得很柔軟，心存感謝，被幸福感包圍，所以不要擺出那種像被拋棄的小狗的表情……！……咦？今天的日期？還有年號？今天是二〇××年七月六日……喂！妳要去哪裡啊？解釋一下……喂～～！」

終於止住淚水的六喰先稍微收集情報，然後從心愛的少年面前逃走。

恢復理智後，突然覺得羞恥到了極點。若是在目前情緒不穩定的狀況下和士道待在一起，不知道會失去理智而幹出什麼好事。

「今天是七月六日……！郎君高中一年級之時！倘若妾身的記憶正確無誤，是在邂逅十香之前……！」

在精靈當中相對較晚認識士道的六喰，經常聽十香她們說起與士道的回憶。根據那些情報推斷出應該是在士道加入〈拉塔托斯克〉之前。

「妾身要做的，便是守護郎君，此次必定要讓你獲得幸福！星宮六喰不再犯下愚蠢的過錯，要拯救其他精靈與世界！」

六喰說出眼下最大的目標，終於停下不斷奔跑的腳步。

她調整呼吸，將手貼在精品店的櫥窗上，凝視著微微反射出的自己。不知士道的【十二之彈】效果能持續多久，不過——能長時間停留在這個過去。

心底的呢喃使得六喰覺得真不可思議。

（郎君接下來將被捲入與精靈們之間的戰爭（DATE）……為了幫助他與其他精靈……）

發誓向士道與精靈們贖罪的六喰動腦思考。

所幸經歷時光倒流的六喰擁有「未來知識」這個優勢。

知道接下來會發生什麼事情是絕對的武器。

六喰不太明白像是二亞會知道的蝴蝶效應或時間悖論這類艱澀的知識，不過，至少她能確定一件事，那就是如果害怕改變過去，便無法實現任何願望。應該毫不猶豫地大膽行動。

（那麼如今妾身該選擇的道路便是——）

「咦？大姊姊，妳是誰？」

用白色緞帶將長髮綁成雙馬尾，還擁有一雙如橡實般圓滾滾的眼睛。

面對與士道一樣在未來見過好幾次的少女，六喰完成了第二次的「初次見面」。

「在街上突然有人開口攀談，還以為是搭訕，結果竟然是個超級美少女！話說，好大！我不說是什麼，但是好大！走開，別站在我旁邊～～！」

「五河琴里。」

六喰在少女面對被胸部撐起的襯衫（用靈力重現以前穿過的琴里的衣服）而火大時，呼喚她的名字。

然後——

「『妾身乃精靈』。」

不帶情緒，劈頭便直接坦承自己的身分。

「……大姊姊，妳在說什麼啊？突然說這種奇怪的話。難道妳跟我家哥哥一樣，是有中二病，自我感覺良好的人嗎——」

「而且，汝亦同妾身一樣。是吧，『同族』。」

「…………」

佯裝天真少女的面具從她的臉上脫落。

六喰最後顯現出巨大的鑰匙型錫杖〈封解主〉，五河琴里便閉口不語，低頭解開綁住頭髮的白色緞帶。

「——為什麼沒有偵測到精靈現界，而且還自報身分？重點是，為何會知道我的真面目……我有一堆事情想問妳。」

接著綁上黑色綁帶。

當五河琴里抬起頭時，待在那裡的不是普通的少女，而是一名「女王」。

「妳是何方神聖？」

轉為「司令官模式」的琴里眼神銳利得不符合她的年齡。

感覺接觸這個模式的她也睽違已久了。

六喰差點露出不符現場氣氛的笑容。她收斂表情，毫不畏懼地回嘴：

「妾身不是說了嗎？吾乃精靈。妾身的名字乃星宮六喰，出現在妳面前只有一個目的。希望妳讓妾身加入『爾等一派』。」

六喰採取的行動便是接觸〈拉塔托斯克機構〉。

進而成為機構一員，為士道與精靈們的戰爭盡一份心力。

現在的六喰已經沒有什麼好顧慮的了。她想成為二亞在打電動時提到的效率廚，或是TAS

（不太清楚是什麼意思）。

沒錯，如今的妾身乃「效率廚TAS六喰」——！

「妳說什麼？」

大吃一驚的反而是琴里。對方不僅提出荒謬的要求，還提及琴里隸屬的祕密組織，警戒程度驟升。

六喰將〈天使〉扔到地上以表示自己沒有惡意。

然後為了獲得琴里的信用和信賴——鄭重地宣告：

「其實——妾身對尊兄一見鍾情！」

「啥？」

六喰滔滔不絕！

「我想助五河士道……爾那堅強又溫柔之尊兄一臂之力……！」

「咦？」

「半年前，妾身在宇宙漂蕩時，夢中郎君突然映入吾之眼簾！」

「等、等一下？」

「順帶一提，妾身之所以會找上爾，乃是因為妾身從早到晚二十四小時都在監視尊兄。五河邸實屬佳處。妾身亦欲一同居住，與尊兄卿卿我我。」

「我有一堆話想說，妳是找死嗎！變態跟蹤狂！別在妹妹面前大剌剌意淫人家的哥哥啦！」

六喰在謊言中交織了些許真實來進行交涉。

「為什麼已經攻略了一名精靈啊！」「那個天生吃軟飯的哥哥……！」琴里喃喃自語，按著太陽穴，毫不隱藏她的頭痛。

不久後，琴里操作手機，隨後直接帶六喰前往家庭餐廳。

店員全是〈拉塔托斯克〉的工作人員，令音也在。大概是對六喰心存戒備吧。這算不上「天宮假期」，應該算是「風波」。

「……既然找到方便談話的地方，我就仔細聽妳解釋吧。」

六喰將事先準備好的說辭對坐在桌子對面的琴里訴說。

她感應到神祕的隱形迷彩以及飄浮在天宮市上空的「巨大空中艦艇」，對出入艦艇的琴里感到疑惑，因此仔細調查琴里的周邊。連這種荒唐無稽的事也因為「未來的情報」而帶點真實感。

說得愈多，琴里的頭似乎就愈痛。

「祕密機構（拉塔托斯克）的情報怎麼可能那麼輕易就洩露出去！」

琴里忍不住大聲指摘。

「妾身能在虛空中開啟『門』，因此能自由出入任何地方。不信妳瞧。」

於是六喰施展【開(Rataibu)】以示證明。琴里「砰！」一聲趴在桌上。

六喰根本不擔心自己編造的謊言被看穿。她推測令音在監測自己的脈搏，所以事先對一部分的感情施展【閉(Seguva)】。測謊機對現在的六喰不管用，即使琴里偷偷望向令音，令音也只是搖搖頭。

「正如妾身最初相告一般，我說想為尊兄盡一份心力乃真心話。」

「……」

「倘若他身陷險境，妾身想守護他……想拯救他。」

「……」

「所以希望爾等切勿封印妾身的精靈之力。妾身想要與琴里同樣之身分，以便觀察精靈。」

「……妳真的看穿了一切呢。」

「嗯。若是妾身之靈力遭封印，便無法守護尊兄。若爾等判斷妾身危險……除掉妾身也無妨。要不然，在妾身體內埋設炸彈亦可。」

六喰述說自己的覺悟。這份覺悟是滿口謊言的六喰唯一毫無虛假的真實。

不過，她無論如何都無法將自己來自未來一事宣之於口。

首先應該不會有人相信，重點是，她無法坦承自己的「罪過」。原因全出自六喰的軟弱。

說完後，家庭餐廳內籠罩著沉重的沉默。

在工作人員屏氣凝神的關注下緊閉雙眼的琴里……嘆了一口氣。

「總之，我們無法放著妳不管。」

「……！那麼！」

「既然妳擁有那麼麻煩的能力，我們也只能竭盡全力將妳圍堵起來！真是的，又多了一個頭痛的根源……！」

邊罵邊做出判斷的琴里猛力指向探出身子的六喰，說道：「不過！」

「我要把妳的事一五一十地在圓桌會議報告。是否答應妳的要求，要交給上面的人判斷。很可能被施加某種『處置』……這樣妳也能接受嗎？」

「全然無妨。是妾身提出強人所難的要求，所有懷疑的目光都投向妾身便可……妾身會取得爾等的信任。」

六喰乖乖點了頭。

琴里用鼻子冷哼一聲，拿出加倍佳棒棒糖含進嘴裡，高傲地說道：

「歡迎來到〈拉塔托斯克〉。能不能被大家接納，就要看妳的表現了，星宮六喰。」

◇

就結論而言，六喰的靈力並未被封印。

分析的結果，她對士道的好感度突破天際（此時解除了【閉】，讓感情爆發解放），全無敵意。重點是六喰十分順從又太過有用了，令〈拉塔托斯克〉上頭的人認同限制她的力量太可惜。

當然，有些最高幹部暗地企圖利用她的力量，不過在想幫助精靈的議長一派的努力下，只需為六喰戴上保險的「項圈」即可。如果六喰出爾反爾，這個項圈便會爆炸。

就這樣，有別於以往的歷史，六喰成了〈拉塔托斯克〉的一員。

於是——少年們的戰爭（DATE）就此展開。

「空間震警報……妳要來了嗎，十香？」

四月十日。

聽見迎來的重要之日響起的警報聲，六喰低喃一句。

從大廈頂樓望著萬里無雲的天空，戴在耳朵的耳麥傳來通訊。

『喂，六喰，妳在哪裡啊！』

「某棟大廈。」

『某棟是哪棟啊！獲得圓桌會議的許可了！要開始作戰了，快點回到〈佛拉克西納斯〉！』

六喰加入〈拉塔托斯克〉已經半年多。

她贏得了〈佛拉克西納斯〉船員們的信賴，其中也包含琴里。一切都是多虧她傲慢地希望「與自己相關的所有人都能幸福」，也積極地幫助以前鮮少交流的人。就連那個因為特殊嗜好而討厭大胸部的神無月也對她評價了一下：

「妳那犧牲奉獻的精神，令我不得不承認妳是司令的左手……不過，司令的右手是我本人！啊，司令！怎麼踢我，啊啊～～！」

「琴里，對不住。妾身要獨自行動。」

『啥？妳在說什麼蠢話啊！ＡＳＴ也已經行動了，要是被她們逮到……！』

「妾身會看著辦，放心吧。琴里的尊兄由妾身來守護。」

六喰稱呼這個世界的士道為「尊兄」，而非「郎君」。

自己深愛而給予痛苦的「未來的士道」，與「過去的士道」不同。

六喰以稱呼來區別。

自從接觸過一次到今天為止，自己不曾再見過他一面。

「對不住，琴里……『對不住，十香，以及尚未謀面的精靈們』。妾身從此刻起將化為鐵石心腸。」

她強制切斷耳麥的通訊，望向眼下的光景。

迅度前往避難所避難的居民們，人影逐漸消失的街道。
以及與空間的扭曲一同出現的王座及震撼人心的美麗少女。
最後是，彷彿被吸引般踏入的一名少年。
就在少年與少女邂逅時——
六喰握住〈封解主(Michael)〉，滑進虛空中的「門扉」，「跳躍」。
「——妳是……」
「……名字嗎？」
少年發出聲音。
少女有些悲傷地演奏命運的旋律。
「——我沒有那種……」

「〈封解主〉！」

六喰打斷了兩人的對話。
「「！」」
滑溜地跳出「門扉」，出現在十香的正後方。

士道兩人還來不及驚愕，六喰便將鑰匙刺向少女的背後，大喊：「【閉】！」「封印少女的靈力」。

——噗——！

琴里在遙遠的上空吐出口中的加倍佳糖果棒。

用螢幕觀看來龍去脈的空中艦艇船員也全都噴出口水。

剛才正打算發動攻擊的ＡＳＴ鳶一折紙上士目瞪口呆。

而在現場帶來混沌的肇事者星宮六喰則是將失去力量的精靈與少年拖進洞裡，綁架到安全的地方。

『要如何保障尊兄的人身安全，同時又能協助戰爭（DATE）呢？』

這半年來，六喰一直在思考這個問題。

她希望士道毫髮無傷。

也不希望傷害到精靈們。

可是精靈們的力量都很強大。要毫無風險地攻略精靈，根本是痴人說夢。六喰的〈封解主〉雖然也是威力強大的〈天使〉，但即便使用未來的知識，也只能出其不意地進攻一次吧——思考到這裡，六喰靈機一動。

『唔嗯？那麼只要利用那一次的奇襲刺向背後，「封印靈力便可」是吧？』

冒出如此惡魔般的想法。

也是將命運的邂逅或感動的發展全都破壞殆盡的旁門左道犯規招數。

只要用〈封解主〉的【閉】封印等同於災害的力量，精靈也不過是個女孩子。只要讓未來以精靈擊墜王馳名的士道出手，絕對手到擒來、易如反掌。唔嗯。

若是「原作的劇情」出現這種情節，肯定會令人火冒三丈、氣憤不已，而六喰偏偏就幹了這種好事。經過無數次模擬實驗，今天終於實行。

「為何〈鏖殺公〉一陣沉默！你們是怎樣！別、別過來！別過來！」

「尊兄，接吻！要接吻！如此一來，一切便解決了！」

「這是怎樣？怎麼回事啊～～～～～～～～～！」

傳送後的地點——來禪高中的頂樓也化為混沌的發生地，自然是不言而喻。

一發不可收拾的十香攻略作戰——此時只能靠士道出馬了。

聽完〈拉塔托斯克〉重新詳細說明，士道立刻下定決心，以馬赫的速度攻略因靈力被封印而氣餒的十香。不需使用對精靈步槍〈Cry Cry Cry〉射穿側腹部，無傷收場。這個結果連琴里司令也露出滿意的微笑。

之後，實績受到認可的六喰便一而再、再而三地執行她的「暴舉」。

「那、那個啊，我——」

「……！不、不要……過來……」

「〈封解主〉！」

「「！」」

在士道還沒發現對方是精靈的殘酷階段，已完封四糸乃。

「狂三，妳這傢伙……！」

「嘻嘻嘻……不～過～只有『我』是不能『被妳殺死』的——」

「〈封解主〉！」

「——我不承認啦～～～～～～～～～～～～～～～～～～～～～～～～！」

堅持等到本體出現後，那個狂三也墜入搞笑時空。

「哼……本宮那掌管颶風的漆黑魔槍（Sturm Lanze），並不具有被常理束縛的實體！」

「〈封解主〉（笑）。」

「不要加上（笑）啦～～～～～！」

「懊悔。被幹掉了。」

六喰讓在教育旅行地點決鬥的八舞姊妹一起變成【閉】的犧牲品。

「真卑鄙，不愧是六喰，太卑鄙了……！」

「話說，〈封解主〉未免初見殺過度了吧……？」

「她就是〈初見殺死兆星（Zodiac）〉六喰……！」

「此識別名著實令妾身不悅。」

六喰巧妙的本領令椎崎雛子一眾〈佛拉克西納斯〉船員也戰慄不已。繼〈詛咒娃娃〉和〈迅速進入倦怠期〉後，獲得了〈初見殺（集體創傷）〉的名號。六喰十分不服。

「呵、呵呵呵……！幹得好，妳真棒，六喰！我一開始還很擔心會怎麼樣，讓妳加入是我最大的功績！哇哈哈哈哈哈哈哈哈哈！」

琴里放聲大笑。

她平常因為處於司令官模式而態度充滿威嚴，但對於把士道逼入危險狀況，比任何人都糾結的也是她。

如今得知能將風險降到最低，琴里必然也會成為效率廚的夥伴。閃開！我們可是臭效率廚超級ＴＡＳ！

「聽好了，六喰，我承認妳至今的戰果。不過，我，五河琴里本人想要在與哥哥充滿感動的劇情發展下被封印精靈之力。」

「唔嗯？」

「我是說別對我使用封解主。如果我的靈力快要失控也無可奈何，但要是像狂三那樣被推進搞笑時空，我可受不了。」

「唔嗯。」

「希望美麗的兄妹愛有個圓滿的結局，這種少女心妳明白吧？」

「Yes, ma'am.」

「很好！那我就準備萬全，去讓士道攻略啦！」

「〈封解主〉。」

「六喰～～～～～～～～～～～～～～～～！」

琴里靈魂的吶喊換來的是精靈攻略來到折返點，更加快了速度。

「你在哪裡呀～～？我一個人在這裡正感到有點無聊呢～～」

「〈封解主〉！」

「呀啊！人家的〈破軍歌姬〉——討厭啦～～～！好可愛喲～～～～～～～！妳看起來小小的又很柔軟的樣子！當人家的抱枕吧嗚呼呼呼呼！」

「唔嗯？放、放開我！嗚哇，妳做什麼？住手——！」

「快、快逃！六喰～～！」

面對靈力被封印仍以神速的擁抱磨蹭自己的美九，六喰第一次陷入苦戰，最後好不容易制伏她。

「呵呵呵，真稀奇呢，想不到被『拉』到這裡時，竟然會遇見ＡＳＴ以外的人……」

「〈封解主〉！」

「至少讓我說完臺詞吧，笨蛋～～～～～～～！」

經過美九一戰後，六喰深刻反省，不惜使出【放】(Shifururu)這一招殺紅了眼(Overkill)，趁七罪轉變成強角前把她弄哭。

「……折紙，妳這傢伙，為什麼——『變成精靈了』！」

「夜刀神……十香，以及『星宮六喰』——我要打倒妳們。」

「……無法改變這個結局嗎？」

六喰與暫時恢復靈力的十香等人，和折紙上演了一番死鬥。

六喰一邊阻擋ＤＥＭ從旁攻擊，一邊對抗帶來滅絕福音的光之暴風。光輝、劍擊與錫杖熾烈的攻防，一直持續到士道挺身制止戰爭為止——但折紙在那之後依然固執地希望滅殺十香等人。

這個世界沒有將折紙「送到過去的狂三」。

由於六喰的介入，她的精靈之力已遭封印。

六喰很懊惱，可說是自時光倒流後第一次深深感到懊惱。

要拯救折紙，就必須讓她回到過去，面對自己犯下的「真相」，並且從絕望中重新振作。

找到答案的六喰選擇道歉。

對自以為憑她一人便能拯救一切的自己引以為恥，向折紙、世界以及士道低頭道歉。

——希望將折紙推進「地獄」。

——然後再將她從「地獄」拉上來，想辦法拯救她。

封印狂三的靈力，將〈刻刻帝〉的能力蘊藏於體內的少年使勁點頭答應了這項提議。

六喰不顧琴里等人的制止，提供足以讓時間倒流的靈力後，將少女推向地獄的【十二之彈】便發射而出。然後——五河士道拯救了鳶一折紙。

為何自己會迷戀上「他」，瘋狂地渴求「他」呢？

六喰凝望著與少女親吻的少年，想起這件事。等她回過神來，發現自己面帶微笑。

◇

「狂三～～妳今天也好漂亮好可愛喲～～！讓人家抱一下～～！」

「美九，不要再靠過來了！到底要說幾次妳才——就說不要抱住我了！」

蓋在五河家隔壁的精靈公寓。

其中一個房間今天也一如往常熱鬧滾滾。先不理會正在搏鬥的美九與狂三，八舞姊妹在電視前努力進行遊戲對決，四糸乃與七罪則是感情融洽地在談天說笑。

坐在沙發上的六喰對著被美九緊抱住的「那個」狂三呢喃：「妾身真對不住妳呢。」忍不住對於讓狂三定型成搞笑角色一事感到無比慚愧。真的喲。

（妾身來到過去已經過了「一年」以上……）

走到這一步花費的時間，感覺說長不長，說短也不短。

大概是因為擴展在眼前的和平光景，六喰沉浸在莫名的感慨之中。

六喰最初走過的「未來」，已與這個世界背離甚遠。

她封印了狂三和大部分精靈。

「十香也沒有反轉」。

因為她運用「未來的知識」，讓DEM蒙受巨大的損害。六喰的〈封解主〉能從宇宙瞄準大地，只要知道主要設施的地點，便能輕易給予毀滅性的打擊（畢竟六喰已經「毀滅過世界一次」）。世界最強的巫師艾蓮·米拉·梅瑟斯和阿爾緹米希亞·貝爾·阿休克羅夫特固然不好對付，但至今她已將威斯考特等人的干涉壓到最小限度——老實說，她也想立刻解決掉威斯考特

……不過被他逃跑了。

（郎君……妾身有守護住大家嗎？）

六喰隱約思考著這不可能得到回覆的問題。

或許是因為消耗靈力來維持【十二之彈】的效力。

最近自己的身體和思考變得遲鈍，常常像這樣發呆出神。

正當她如此思考時——啪一聲。

「……？」

突然傳來類似玻璃、陶器這類硬質物品龜裂般的細微聲響。

是什麼東西裂開了嗎？即使六喰環顧四周，也沒看見掉在地板上的碗盤。

正當她歪頭疑惑時，背後感受到一股溫柔的衝擊。

「六喰！妳在做什麼！」

「十香……」

轉過頭便看見笑容滿面的十香。

時光倒流後，交友關係也與「未來的世界」有所不同。

眼前的十香很親近六喰。起初十香還很戒備讓她挨了一記奇襲的〈初見殺〉，但在六喰動不動就餵食——更改，是細心關照下，十香便像隻大型犬經常跟她嬉鬧。四糸乃她們雖不似十香那樣親近，但也算充滿善意；七罪不擅長與六喰相處；狂三純粹討厭六喰；美九自然不用說了。

變得與六喰十分知心的是琴里。畢竟認識的時間較長，於公於私也經常交談。她目前的煩惱似乎是胸圍問題。

不太了解的人則是令音。

她經常與琴里一起吃飯，有時會感覺到她目不轉睛地在觀察自己。

「……未做何事，只是在注意大家的狀況。」

「喔喔，這樣啊！原來六喰在守護我們啊！」

面對十香有些誇大的說辭，六喰本想回以苦笑——

「我一直覺得六喰就像大家的姊姊呢！」

聽見十香天真無邪的發言，六喰雙眼圓睜。

（姊姊……妾身嗎……）

這番出乎意料的話語強烈震撼了六喰的心靈。

同時也湧上一股羞愧之情。

在遇見士道等人之前，六喰就已經破壞了一個家庭。

當成「姊姊」一般仰慕的人指責自己是怪物，拒絕自己。

這樣的自己竟然跟「姊姊」是同等的存在……簡直令人噴飯。

六喰沒有資格被這樣說，她總是一錯再錯。

不過，她可不能在十香等人面前如此自嘲，必須掩飾過去才行。

（……而且……不知為何，總覺得……心頭一陣溫暖……）

六喰在現下的「贖罪之旅」中——

感覺到一絲、些微，被寬恕的心情。

她不想被察覺掠過內心的各種感情，便突然改變話題：
「十香……你喜歡尊兄嗎？」
「妳說士道嗎？嗯，喜歡啊！」
十香綻放出向日葵般的笑容回答。
「我也喜歡六喰跟四糸乃她們！狂三嘛……有點不擅長跟她相處！」
十香真的很純真，純真得令人覺得很可愛。
而她並未察覺到她對士道的愛意與其他人不同。
六喰突然冒出一個想法。
十香是個不錯的人選。
六喰認為總是分享溫暖給大家的她很適合陪伴在士道身邊。
「十香……那麼，妾身傳授一個祕訣給妳，能讓妳更喜歡尊兄。」
「喔喔！有那種祕訣嗎？」
「唔嗯。邀他約會吧。並非指精靈攻略，而是男女密會。」
十香一臉疑惑地歪過頭。
「男女？密會……？不能和六喰妳們一起跟他約會嗎？」
「唔嗯。必須十香與尊兄……爾等二人單獨約會。如此一來，便能讓尊兄更了解妳。那麼尊兄應該會更喜歡十香喲。」
「真的嗎？」
十香將眼睛瞪得圓滾滾的，彷彿目睹魔法的小孩。六喰對她微微笑，點了點頭。
「而妳亦會同樣地……了解尊兄。」
「了解士道……？」
「唔嗯。比如他喜愛之物、不擅長之物，抑或何時會歡笑……何時會悲傷。」
最後一句話，輕聲得像是化為過去的泡沫，虛幻地消失。
十香思考片刻後，猛然站起身。
「我知道了，六喰！我去邀請士道約會！」
「唔嗯。」
「因為喜歡一個人是很開心的事！」
六喰面對笑靨如花的十香，再次露出微笑，用雙手揉捏少女柔軟的雙頰。十香閉上雙眼，一副很癢的樣子，彷彿在表示事不宜遲，說了：「那我去去就回！」然後衝出房間。
六喰像個姊姊般注視著她的背影。
假裝沒發現胸口作痛。
不久後，她自己也站起來，踏上歸途。

現在的六喰不像在「未來世界」時居住在精靈公寓。

並未被封印精靈之力的她，包含監視的意義在內，必須在〈拉塔托斯克〉的設施生活。她於夜空下獨自慢步在寂靜的住宅區。

「愈來愈冷了呢……」

回到過去後，第二次的冬季來臨。

今年感覺比去年還冷。

身上沒穿多少禦寒衣物的六喰朝雙手吐著氣心想：

（如果照妾身所知曉的情報，下一名精靈是二亞。她應該被ＤＥＭ抓住了，妾身想要快點救出她……）

但六喰襲擊了ＤＥＭ的設施，卻不知道二亞的所在之處。

因為是最重要的精靈，設施中混了假設施，把她藏得十分隱密。涅里爾島的奇襲也撲了空。

六喰感覺到威斯考特的意圖，焦急不已。

「而……這一仗結束後……」

六喰抬頭仰望頭上。

她的眼睛凝視的是符合凜冽一詞的冬季天空，更上方的宇宙。

「另一個自己」沉眠的星海。

（妾身乃「異邦人」……奪取「另一名妾身」本應落腳的場所，鳩佔鵲巢……那麼，「另一名妾身」的存在被知曉、攻略後……）

因為時光倒流，這個世界異常奇妙地存在「兩名六喰」。

只要二亞的力量沒有交到其他人手中，便無人能發現孤獨沉睡於宇宙中的〈黃道帶(Zodiac)〉。簡單來說，六喰是利用這件事冒充成「另一個六喰」的竊賊、冒牌貨(Phantom)。

「星宮六喰」失控才是毀滅世界的原因。如此相信的六喰因逐漸逼近的未來而停下腳步，繼續仰望昏暗的天空。

「六喰！」

「！」

就在這時——

無時無刻不令六喰心動的少年的聲音從背後傳來。

「……尊兄？你為何會在此處？」

「我從房間看見妳……妳現在要回地下設施吧？我送妳。」

「……此話甚是奇異。妾身可是比尊兄還要強大。」

「唔！這、這個嘛……」

被委婉指出自己才是應該被保護的那方，圍著圍巾的士道發出呻吟。六喰意識到自己失言了，還是忍不住嘻嘻嗤笑。

六喰至今都盡可能與士道保持距離。

雖會與之交談，但也努力減少到最低限度。

約束自己，提醒自己沒有資格與士道親近。

「對、對了！六喰！妳是不是對十香說了什麼？」

「嗯？妾身不明白此言何意。」

六喰背對硬是改變話題的士道，再次邁開步伐。

士道理所當然似的跟了上來。

「她突然說要跟我約會，說想更了解我……害我心慌意亂。」

「唔嗯。尊兄不想跟她約會嗎？」

「倒、倒也不是這樣啦……」

「那不就好了嗎？妾身不過是認為十香似乎想跟尊兄變得更加親近，便給她建議罷了。」

「……真的嗎？」

「那是當然。」

六喰泰然自若地說道，結果抗議的視線刺向她的背。

之後，走在前方幾步的六喰與走在後方的士道繼續天南地北地閒聊。

六喰想婉轉地結束這個時間，士道卻不允許她這麼做。明明平常那麼被動，唯獨這種時候倒是十分積極。而六喰也無法斷然拒絕。

她覺得自己很沒用，脣瓣卻違背她的意願，自動露出微笑。

「我說……六喰。」

冷不防地──

士道改變聲音，詢問六喰。

「為什麼我們第一次見面時，妳在哭？」

六喰的雙腿以及呼吸頓時停止。

「因為妳總是擺出一副一無所知的表情，我先前也不好開口詢問……」

「…………」

「那時，妳突然抱緊我……然後稱呼我為『郎君』……」

思緒空白片刻後，六喰依然背對著少年，低垂視線。

這是預料之中的事，沒有提起這件事反而才奇怪。

六喰本想打趣地找藉口蒙混過去。

但她明白現在的士道絕對不好打發。

「……………因為尊兄與妾身珍愛之人…………十分相似。」

所以六喰回過頭，笑得像個失去寶物的孩子。

「所以見到尊兄時，妾身感動不已，緊抱著你……哭了。」

「…………」

「當時真對不住。不說原由，一直逃避至今……實在對不住。」

六喰道歉後，始終默默聆聽的士道微微搖了搖頭說：「……不會。」

「……那個人現在怎麼樣了？」

「已經不在了。妾身再也無法與他相見。」

「……妳之所以幫助我戰爭（DATE），是因為我讓妳想起那個人嗎？」

「若妾身否定……便是在說謊。」

士道不斷提問，始終直視著六喰的眼睛。

「……妳喜歡他嗎？」

最後，輕聲問出這個問題。

「是啊……十分喜歡。並且……希望他比任何人都愛妾身。」

六喰還是笑了。

不明白自己現在露出的是怎樣的笑容。

兩人之間似乎要下起雪來。

六喰的身體冰冷得不禁冒出這樣的想法。

少年閉口不語，彷彿正確理解到少女的心位於遙遠的地方，遙遠得似乎就要被雪埋沒消失。

不過，士道他——

所以，士道他——

填補了彼此的距離，好似不允許白雪將兩人隔開，也不允許少女受寒。

「我說，六喰，要不要跟我約會？」

士道解開自己的圍巾，圍在六喰的脖子上，一邊說道。

「咦……？」

「只有我跟妳，兩個人。」

「和、和妾身約會嗎……？」

「是啊，別看我這樣，也是受過琴里她們不少訓練，絕對能讓妳玩得很開心。」

「為、為何……為什麼要做這種事……」

六喰十分驚慌失措。於是，士道露出與「記憶中的他」一模一樣的表情低喃：

「因為，現在的六喰看起來很痛苦。」

六喰的眼睛動搖，原本只是冰冷的胸口突然變得難受。

不過，那並非痛苦，而是被眼前的少年牽引出，彷彿快要融化的心酸疼痛。

六喰立刻低下頭，然後將雙手推出去。

像個幼童般摁住士道的胸口，空出距離。

如今似乎已經不會下雪了。

「……十香都邀尊兄約會了，竟然還搭訕妾身嗎？」

「唔唔……！我、我是……！」

「所以尊兄是打算拋棄十香，跟妾身卿卿我我嗎？」

「別把話說得那麼難聽！而且，我也不會對十香置之不理！」

六喰依舊低著頭，拚命克制自己，不讓胸口和臉頰發燙，趁士道動搖時，勉強成功讓唇瓣擺出惡作劇的笑容。

「尊兄真是造孽呀。著實是個大色狼呢。」

「別幫我取那種會讓我不惜被社會抹殺的外號啦！」

抬起頭時，完全恢復狀態的六喰這次依然笑了。

不過，她的笑容不寒冷也不悲愴，而是花兒般的微笑。

「……承蒙邀請，妾身深感光榮。不過，還是請尊兄跟十香去吧。」

「六喰……」

「但是……此圍巾能否送給妾身呢？」

「咦？喔，好啊……妳不介意的話。」

士道動作生硬地點頭答應；六喰閉上雙眼。

「妾身十分歡喜……多謝。」

她由衷表達謝意。

六喰把頭依偎在裹住脖子的溫暖上，緊按著胸口。

「妾身有此物便足夠了。」

「……」

「接下來妾身能自己回去。所以尊兄……再會了。」

六喰如此告知後，背向士道。用溫柔的話語，不讓士道有任何回話的機會。

因為六喰很軟弱。如果再繼續和他待在一起，會奢求更多。

在沉溺於士道的溫柔之前，六喰用她纖細的手指不斷撥弄圍巾，像個得到新寶物的孩子，踏上歸途。

「我跟十香她們約會過好幾次了……」

等看不見少女嬌小的背影後，士道喃喃自語：

「卻沒有跟六喰約會過呢……」

對五河士道來說，星宮六喰是個奇妙的少女。

從一開始就是如此，之後也擺出一副令人難以捉摸的表情，把士道和周圍的人耍得團團轉。

六喰與其他精靈截然不同，可以清楚明白她非常強大，而且是個一定會為他人行動的女孩。

『尊兄……你在為狂三與真那之事苦惱嗎？』

與狂三戰爭(DATE)時，就連平常總是想立刻封印精靈之力的六喰也對她格外關注。士道不可避免觸及過好幾次關於狂三的黑暗面。

殺人的精靈，以及獵殺她的真那。

當士道苦惱不已時，六喰便悄悄靠近他。

『這本來是十香的職責……』

她落下聽不清楚的呢喃聲後，撫摸士道的頭。

『尊兄，畏懼與逃避皆無妨。』

『咦……？』

『妾身會想辦法處理。妾身會守護狂三、真那，以及尊兄……』

五河士道怎麼能夠逃離如母親、如長姊、如戀愛中的少女，試圖守護自己的星宮六喰。

仔細回想，從那時起，士道的視線便總是追逐著六喰。

「我對六喰一無所知…………不過——」

最詭異的是，折紙變成精靈的時候。

六喰第一次依賴士道。

——五年前，折紙做了「某件事」。為了讓她看見那件事，六喰希望士道用【十二之彈】將她推入「地獄」。

士道沒問六喰為什麼會知道這種事。

因為最重要的是露出泫然欲泣的孩子般的表情，比任何人都希望拯救折紙的少女的心意。

「不過……我也想要守護她。」

事情很簡單。

五河士道想支持星宮六喰——

支持這個比任何人都不停奮戰、不停受傷，而且比任何人都希望大家幸福的女孩。

◇

隨著十二月的腳步漸近，士道與十香的約會也愈來愈頻繁。

六喰對不擅拒絕的典型日本男孩士道，與經過自己指點而展開強烈攻勢的十香豎起大拇指，但其他精靈的不滿與介入也越發嚴重（尤其是折紙）。

於是爆發了〈血之聖誕節〉，更正，是〈災禍五河〉事件。

靈力失控的士道隨機攻略女性事件，不知為何特別盯上了六喰。於是六喰迎來連〈佛拉克西納斯〉的船員都相傳「第一次看見六喰那副模樣」的危機。六喰不僅疲憊不堪，還因為羞恥而煩悶了好一陣子，身心俱疲。

總之，〈材料A〉在這場騷動中從DEM手上逃脫。

攻略〈修女(Sister)〉——就如同老套的劇情，揭開了「崩壞的序曲」。

『倒是妳，真的沒事嗎？不用去醫院……』

『啊～～沒關係、沒關係。我又沒有生病。』

士道與年長的女性——本条二亞在談話。

六喰透過〈拉塔托斯克〉的自動感應攝影機偷偷監視兩人。

「二亞，終於登場了啊……」

與二亞相遇是必然的。因為她利用無所不知的天使〈囁告篇帙(Rasiel)〉的力量，對士道產生興趣，因此假裝偶然跟他接觸。

〈正如「未來的二亞」所說……聖誕節的隔天，她在郎君回家的路上埋伏。〈囁告篇帙〉算是某種最棘手的〈天使〉，必須一擊解決。）

雖說二亞本人缺乏戰鬥能力，但六喰絕不敢疏忽大意。

當她一如既往在空間開啟一扇「門扉」，打算跳到二亞背後的瞬間——

『哎呀！「比我預想的還要難纏呢」。其實我本來想跟少年聊得更開心一點，這下子也沒辦法……只好穿上〈神威靈裝・二番〉了。』

「『！』」

看見二亞突然穿上靈裝，攝影機前的士道與六喰同時感到驚愕。

二亞與士道拉開距離後，立刻翻開〈囁告篇帙〉。

『「欸，妳在看吧」？現身如何？我雖然算是精靈中弱不禁風的類型，至少還能防止意料之中的奇襲喲。』

看見仰望自動感應攝影機明確告知的二亞，六喰領略一切，舉雙手投降。

她穿過「門扉」，出現在士道身旁，呈現與二亞對峙的場面。

「六喰！原來妳在監視我們嗎！可、可是，妳怎麼會知道六喰的事……」

「嘿嘿嘿！這本〈囁告篇帙〉是能看透一切，無所不知的天使。少年，無論是你，還是那邊幹了不少過分的事的精靈，我全～～都搜尋完畢了。」

二亞不理會困惑的士道，露出洋洋得意的表情。

想必眼前的二亞與「未來的二亞」一樣，為了接觸從DEM的運輸機救出自己的士道，利用〈囁告篇帙〉調查了吧。而在調查的過程中，得知了大肆封印精靈靈力的六喰的「經歷」，預知初見殺也會找上門來。

（的確，只有擁有〈囁告篇帙〉的二亞能夠防範妾身的奇襲於未然……太大意了。）

六喰坦率地承認自己的失策，不得已轉換方向，動腦思考。

而二亞則是向士道自我介紹與揭老底後——收斂笑容。

「所以……妳是叫六喰是嗎？」

二亞沒有稱呼六喰為小六，感覺有點不習慣的六喰太晚發現到——

她那類似寶石色的眼睛帶著冰點以下的寒氣。

「妳是怎樣？」

二亞宛如面對「怪物」，發出冷若冰霜的聲音如此問道。

「……咦？」

「妳啊，『出現BUG了』。」

六喰無法理解二亞為什麼要用那種表情對自己說那種話，彷彿時間停止般愣在原地。

二亞不予理會，逕自將翻開頁面的〈囁告篇帙〉遞給六喰看。

「妳看，就連我的〈囁告篇帙〉中也『只有妳的內容糟七八糟，無法閱讀』。」

正如她所說，〈囁告篇帙〉的頁面宛如收訊失敗的電視雪花雜訊，多數的言語之海氾濫成災，捲起漩渦，恰恰就是「BUG」狀態。

那一瞬間，六喰震驚不已。

〈囁告篇帙〉會將「未來以外」的森羅萬象告訴二亞。

換句話說，即便使用〈囁告篇帙〉，也無法得知來自「未來」的六喰的情報。要解讀「未來的六喰」，便會與「無法預見未來」的規則相抵觸。在二亞眼中，唯一無法了解的六喰就像是「怪物（Unknown）」吧。

「我所知道的，只有妳的名字，以及……『與妳一模一樣的「精靈」如今也沉眠在宇宙之中』這兩件事。」

六喰停止呼吸。

「跟六喰一模一樣的精靈……？這是怎麼回事……？妳在說什麼啊！」

士道無比混亂。

「欸，妳是什麼東西？地底人？變種人？」

二亞的雙眸更加銳利。

地面發出響聲。是六喰想盡可能遠離現在的二亞而後退的腳步聲。

宛如吐舌喘氣的狗鳴聲，吵得不成體統。六喰花了不少時間才發現那是陷入過度換氣症候群的自己肺部所演奏出的聲音。

面無血色，汗流不止。就連士道在身旁拚命呼喚著什麼也聽不清。有種自己犯下的「罪過」被攤在陽光下的錯覺，六喰的喉嚨乾渴不已。

「還是說，妳是三流電影會出現的不受這個星球的法則所約束的外星人？」

二亞並沒有放鬆追究。

她並無惡意，只是為了摸清以自己的能力無法調查的「怪物」底細，試圖動搖六喰的內心來獲得情報。

而那冰冷的目光與「未來的二亞」「臨終時」重疊在一起——

「妳是來把我們的世界弄得一塌糊塗的嗎？」

這句話給予六喰致命的打擊。

「未來的二亞」借用過去的二亞的臉，斥責六喰。

幻想吞食了少女的罪惡感，吐出詛咒的話語。

——把未來的世界毀得亂七八糟，連這個世界都要破壞嗎——？

「啊……啊啊啊啊啊啊啊啊啊啊啊啊啊啊啊啊啊啊啊啊啊啊啊啊啊啊啊啊啊啊啊啊！」

慘叫迸發而出。

構成六喰這名少女的一切要素產生龜裂。

「六喰！六喰——————！」

就連心愛的少年的聲音，如今也顯得十分遙遠。

就在六喰全身失去力量，意識將要被黑暗吞沒時——「啪！」

某種東西冒出裂縫的「崩壞」聲從體內響起。

◇

——原來是這樣啊。

腦海裡響起耳熟的聲音。

——我本來不敢相信，妳果然是來自未來呢。

好似驚嘆，又好似憐憫。

——既然沒有對我產生戒心，就代表未來的我並未表明身分吧？

你究竟是誰——即使如此詢問，也沒有得到回答。

——沒有實現願望，絕望地死去了嗎？算了，無妨。我一定會如願以償的。

這裡是哪裡——即使如此詢問，也沒有得到回答。

——六喰，妳的命運「已定」。所以我不會幫助妳，也不會將妳逼入絕境。

我真的是六喰嗎——即使如此詢問，也沒有得到回答。

——所以，隨心所欲去做就好，利用剩下的「最後的時間」。

不可思議的聲音宛如施予母親的慈悲，就此中斷。

◇

「……………嚇！」

六喰睜開雙眼。

首先映入視野的是醫務室的天花板，緊接著感到異常的乾渴與倦怠。

她想撐起上半身，卻因為長時間臥床，身體無法自由活動。有跡象顯示直到剛才還有人為自己診察，是令音嗎？

好不容易從床上起來的六喰環顧現下空無一人的房間。

「此處是……〈拉塔托斯克〉的地下施設？」

她在這裡已經生活一年多，立刻便認出來了。

而失去意識前的記憶幾乎同時甦醒，六喰臉色鐵青。

今天是幾日？自己睡了多久？士道呢？其他人呢？

六喰跌跌撞撞地走出房間，身體像鉛一樣沉重無比。

她懷疑這真的是自己的身體嗎，一邊扶著牆壁在設施的通道上前進。

然後來到應該有工作人員常駐的司令室時——

「這到底是怎麼回事啊！」

琴里焦躁的聲音在門打開的同時傳入耳中。

撞進六喰視野之中的，是巨大的螢幕。

然後是在畫面中央如胎兒般蜷起身體的「星宮六喰」。

「為什麼！為什麼會有兩個六喰？……啊！」

失去理智放聲大喊的琴里發現背後出現的六喰。

椎崎雛子等船員、士道、十香、折紙、四糸乃、狂三、耶俱矢與夕弦、美九、七罪反射性地回過頭，凝視目瞪口呆的六喰。

其中也能看見瞪大眼睛的二亞的身影。

「……DEM再次開始攻擊！黃、〈黃道帶〉，轉為應戰！」

操作控制檯的箕輪梢發出語帶動搖的報告聲。

聽見這項報告的六喰頓時理解現在的狀況。

自己在與二亞接觸後便陷入長期昏睡狀態。證據就是從二亞身上幾乎感受不到靈力，應是被奪走了靈魂結晶。由於六喰無法戰鬥，恐怕是照未來的歷史，被威斯考特搶走了〈神蝕篇帙〉(Beelzebub)。

然後根據〈魔王〉無所不知的能力，發現了沉睡在宇宙中的〈真正的星宮六喰〉。就這樣，連〈拉塔托斯克〉的成員也得知了這個真相──

「──啊。」

凝視自己的眾多眼睛。

流露出的是驚愕、困惑，或是猜疑。六喰佇立原地，那一雙雙刺穿自己的目光之矛，看在現在的六喰眼裡，就像是二亞宣告自己是「怪物」的那個眼神。

「六……六喰……」

士道開口，向前踏出一步的瞬間。

六喰精神崩潰，回過神來時已經背對他們。

「……！六喰！」

她飛奔出司令室，逃之夭夭。

士道與琴里們的聲音敲著她的背，她甩開那些聲音，在宛如迷宮的地下設施胡亂奔跑。

被發現了、被拆穿了！

六喰的「謊言」以最糟糕的形式暴露了！

全都怪六喰至今不敢說出真相。

彷彿延命裝置，遠離必定會爆炸的限時炸彈的結果，就是這樣的下場。

運氣好的話，六喰打算在一切結束前將「另一名六喰」的存在隱瞞到底。世界卻對她薄弱的意志給予懲罰。

「因為……」

她擺動手臂，氣喘吁吁地跑出地下設施。

「因為……！」

眼眶泛淚，滿溢的思緒融化在嗚咽中。

「妾身想跟大家再多相處一下……！」

世界並未嘲笑、憤怒、輕蔑少女的自白。

只是悄聲命令她將回憶與一切全部交還給「這個世界的星宮六喰」。

「唔！」

雙腿不聽使喚，六喰跌倒在地。

抵達的是高臺公園。也是士道為了拯救折紙，在約會最後造訪的夜景優美之地。如今夜晚沉睡，只有清澈的正午藍天一望無際。

「……？奇怪……妾身的雙腿……身體……」

好沉重。情緒依然波濤洶湧的六喰發現肉體出現異常。

就算扣除長期昏睡過這件事也很不對勁。

感覺就像靈力一點一滴流失——如此思考後，「啪」的一聲！

那告知「崩壞」的聲音明顯從「六喰的左臂」發出。

「什麼……！這、這是……？」

六喰慌慌張張地捲起衣袖，不敢相信自己的眼睛。

前臂到手肘的部分竟然產生「裂痕」。

這並非比喻，她的手臂宛如玻璃工藝品布滿了蜘蛛網。

不會疼痛，也沒有出血。只是，肉體的一部分從產生裂痕的那一側變成粉末，飄落到地面，被風帶走。看見自己身上發生的異常，六喰倒抽一口氣——

「——原來是這麼回事啊。」

「……！狂、三……」

結果有一段距離的後方出現了一名追上來的狂三。

「我一直在懷疑，因為實在太巧妙了。妳接二連三攻略精靈的本領……宛如知道『未來』的事情。」

「……！」

「不過，我認為不可能，捨棄了這個可能性。因為就算是我或者『某個人』利用〈刻刻帝〉的力量把妳送到過去……妳待在這個世界的時間也太久了。」

「一年半」。

六喰回到過去所度過的時間。

【十二之彈】在使用上一個不小心不僅會耗掉一名精靈的性命，根據時光倒流地的日期與滯留的時間，還會耗費龐大的靈力。

怎麼可能收集到大量靈力來補充一年半以上的時間？因此比任何人都了解〈刻刻帝〉能力的狂三才會判斷「不可能」。

「『如果不犧牲整個世界』……根本不可能。」

狂三低垂視線，對瞠目結舌的六喰呢喃。

「……就結果而言，妳經歷了時光倒流。而將妳送往過去的人物，恐怕付出了一切代價。」

「此、此話何意？」

「不過是推測罷了。那名人物應該利用世界的靈脈收集力量吧？混合所有的靈力，以去除妳的『時間限制』。」

六喰憶起在那個未來，只剩兩人的光景。

倘若士道一直從那個除了他們兩人之外無一活人的世界收集靈力。

倘若他即使與廢人無異——身心皆毀——依然一直為了六喰付出行動。

「多虧他，直到今日妳才能一直停留在這個『過去的世界』。不過，為了拯救折紙，妳消耗了龐大的靈力。」

「！」

「無非也是為了使用【十二之彈】。原本足夠讓妳停留這個世界的靈力開始見底……現在正表現出『崩壞』的徵兆。」

狂三的視線射穿了六喰龜裂的手臂。

的確，拯救折紙之後，六喰便開始聽見奇妙的聲響。

從那時起，身體便開始產生細小得自己都不曾察覺的「裂痕」了嗎——？

「射擊在妳身上的【十二之彈】是連我也望塵莫及的未知數，需要龐大的靈力才能使用的招式。本來返回『起點』的時空後，改變的過去會反映出來。不過……」

狂三以〈刻刻帝〉擁有者的身分，對啞然無言的六喰提出自己的見解。

「照理說，如果把所有靈力……『整個世界』都裝填在妳身上，化為渣滓的『未來的世界』已滅絕，無法維持……連繫妳與『起點』的那條『線』。」

所謂的「起點」，就是時光倒流的效果消失時，六喰會被拉回去的「未來的世界」。

所謂的「線」，就是與世界的羈絆。

「無法回到原本的『起點』、原本的『座標』的妳……『只能落得消亡的下場』。」

「——！」

那就等於繫繩斷掉的太空服一樣。

太空人失去與太空站的連繫，下場便是被黑暗吞沒，化為漆黑的藻屑。

「妾身會……消失……？」

「是的。妳的命運已經不可翻轉……看妳那副身軀，所剩時間不多。」

這個世界的狂三至今一直對六喰投以怨恨的目光。

然而如今她投射過來的目光既非怨恨也非敵視，而是「憐憫」。

或是對無能為力的自己感到焦躁。

「…………狂三。」

「……！士道、十香……」

「妳剛才說的……是真的嗎？六喰來自未來！而且就要消失了！」

發出冰凍呢喃的人是士道；而十香則是語氣十分激動。

不知何時就待在現場的兩人從暗處出現，面如死灰。

「六喰……妳真的……！」

——受懲罰的時候到了。

面對探出身子的士道，六喰頓悟了一切。

無論是即將破滅的身體還是敗露的謊言與真相，都必須全盤托出，坦白自己的所作所為。

「…………沒錯。妾身來自未來。」

「…………！」

「妾身毀滅了…………原本所在的世界。」

士道與十香驚愕的臉換上戰慄的表情。

「妳、妳說毀滅，是怎麼回事……！」

「為了不讓郎君……五河士道死去，妾身奪走、破壞了一切。」

那是某個故事的結局。

在六喰經歷的世界，士道等人「將所有的精靈封印」，面臨與DEM的最終決戰。「根據威斯考特的策略」，甚至「將神祕精靈〈幻影〉(Phantom)捲入的戰爭」，結果以〈拉塔托斯克〉勝利告終。

不過，付出的代價是「狂三死去」，而「士道也陷入不可避免殞命的狀態」。

面對瀕死的士道，六喰「精神崩潰」。

明白對自己說「妳就是我」的士道，說願意成為自己家人的少年即將死亡的瞬間，六喰憤怒、悲傷到發狂。為了讓他活下來，「毅然決然殺害了其他精靈」，還襲擊了巫師及類似的人，將所有能收集到的靈力灌注到瀕死的士道身上。不顧琴里等人的制止，將世界破壞得一塌糊塗。

結果，士道並未死去。但也只是並未喪生罷了。

接下來的事，正如六喰事後悔悟的一樣。

「一切就像扣錯鈕釦一樣」。

若是操縱時間的狂三沒有喪命；若是〈幻影〉沒有中了DEM的陷阱；若是士道沒有被死亡纏身……或許就能走向好一點的「微末結局（GOOD END）」。

不過，六喰的世界迎來的卻是無可挽救的「全世毀滅（BAD END）」。

「怎、怎麼會……有這種事……！」

「全是妾身的錯。妾身是……醜陋的怪物。」

聽見六喰敘述的某個世界的結局，士道等人啞然失聲。這時，六喰起身自嘲。

於是——「啪！」的一聲，新的「裂痕」再次折磨六喰的身軀。

「……狂三所言之事似乎是真的。妾身已無剩餘的力量了。」

「六喰……！」

「所以……必須做出最後的『了斷』。」

六喰抬起頭凝視天空，擠出僅剩的少許力量，穿上〈神威靈裝・六番（Eloha）〉。

然後背對吃驚的士道等人。

「另一名六喰……妾身會想辦法解決。」

「憑妳現在的狀態，實在是太亂來了！」

「即使如此，依舊得想辦法處理……她『在發怒』。與動輒毀滅世界的妾身一樣，失去了理智……」

召喚到手中的〈封解主〉發出淡淡的光芒，脈動般閃閃爍爍。

宛如與同種〈天使〉產生共鳴。

「等一下，六喰！我、我們會想辦法的！所以……！」

六喰打算將生命燃燒殆盡；士道以充滿苦澀的表情叫住她。

士道也直覺理解到，就算將靈力注入六喰如今「滿是裂痕」的體內也只會流光，無法避免她即將消滅的事實。

面對士道明知如此依舊想要守護自己的心意，六喰以瀏海遮蓋住眼睛，微微彎起脣瓣說：

「那麼，尊兄……你願意幫妾身實現一個願望嗎？」

「……！嗯，當然願意！是什麼願望？」

六喰慢慢轉過頭，面帶微笑。

「毋須拯救我。」

「拯救另一名六喰吧。」

「——」

六喰對凍結的士道道別，說了聲「再會」。

「希望你將給予妾身之物、打算向妾身付出之物……全都給予此世界的星宮六喰，使她幸福吧。」

或許自己能在改變後的世界與士道他們一起生活。

六喰曾經懷抱著如此淡淡的美好期待。

但如今，六喰有些明白了。

這是曾經滅毀過世界的星宮六喰所應該抵達的末路與報應。

「多謝尊兄的圍巾……此乃妾身最後的寶物。」

六喰打開「門扉」，拿出圍巾圍在脖子上。

對愣在原地的士道微笑後，朝地面一蹬。

「六喰————！」

少年的吶喊聲震動著耳朵，六喰的淚水從眼眶滑落，消失在風中。

◇

「…………」

士道只能眺望著飛向宇宙的六喰。

六喰，那名少女，直到最後都不肯將士道喚作「郎君」。

她所愛的人物與「五河士道」是不同人。她的心如今也被積雪掩埋，位於不可觸及之處。

憑「五河士道」是拯救不了她的。

「該如何是好…………該怎麼辦才好…………」

哭訴般的呢喃從脣間溢出。

六喰的命運已經無法翻轉，束手無策。她溫柔地表示士道已無能為力。現在也為自己的罪過所苦的她，希望士道什麼都不要做。

「到底該怎麼做……！」

狂三只是默默地注視著佇立的士道。

而十香則是——低著頭後，猛力抬起頭。

「追上去，士道！」

「……咦？」

「去追六喰！」

她抓住士道的雙肩，在眼前大喊。

「不可停留在原地！別猶豫！快奔跑！去救六喰！」

「……可是，我拯救不了她……六喰的身體已經殘破到無藥可救了……！」

少女打斷少年吐出的洩氣話。

「你不是還沒拯救她的心嗎！」

「！」

士道睜大眼睛。

「六喰一直很痛苦！就連現在也是！她肯定像以前的我一樣寂寞！現在也很寒冷冰凍！」

「十香……」

「你也沒辦法接受吧！」

十香將臉湊到四唇快要相接的距離，滔滔不絕地說道：

「我很了解你！是六喰教我的！和你不斷約會就能明白你喜歡什麼，討厭什麼！」

「！」

「你會在什麼時候笑，什麼時候難過！我都知道！你現在很難過！」

十香不斷吶喊。

「別對自己說謊，士道！去追六喰，緊緊擁抱她吧！」

斬斷「自己的心意」，全部隱藏起來，竭盡全力發出聲音敲打少年的背。

「要不然——你無法打從心底笑出來吧！」

於是——

被少女推了一把的少年——

默默地握拳。

「……謝啦，十香。」

眼睛不再透露出迷惘。

不再吐露洩氣話，只重視一直封閉在心中的想法。

「我，喜歡六喰。」

「嗯！」

「我討厭這樣分別！」

「嗯！」

「所以，我去去就回！去找六喰！」

士道邁步奔馳，為了貫徹這無疑是任性的心意。

他向十香道謝後便頭也不回地奔向一名少女的身邊。

「十香……」

士道離去後，十香始終佇立在原地。

站在背後的狂三注視著她，冷風吹拂著她的長髮。

「喔喔，狂三妳看！下雨了耶！」

「咦？」

天空很晴朗。

萬里無雲，一片蔚藍。

「明明這麼晴朗，卻下雨了呢！」

「……！」

「唔？好奇怪喔，雨下個不停。」

「…………」

「為什麼……怎麼會這樣？」

「十香……」

春天的腳步還遠的冬季天空澄澈無邊，美麗得令人心酸。

「雨……下雨了……」

◇

似乎聽到了淚水滴落的聲音。

不知那是自己的還是其他人的。

六喰只是重返懷念的漆黑海洋。

昔日封印自己的記憶，在黑暗搖籃的懷抱中沉眠的她，如今卻覺得眼前浩瀚無垠的宇宙是個非常孤獨寂寞的地方，同時也認為那是象徵渴望遺忘的「星宮六喰」內心的黑暗面。

「就是彼處嗎……！」

閃光在漆黑封閉的黑暗中激烈地閃爍。

六喰趕忙前往另一名六喰與DEM展開激戰的戰場。

當她瞇起單眼望著正在龜裂的四肢，鞭策自己的身體時——飛來無數的飛機。

「……！蝦兵蟹將！」

是散開的DEM戰艦派出的〈幻獸・邦德思基(Bandersnatch)〉。

平常輕鬆就能打敗的對手對如今的六喰來說也是不小的威脅。靈力有如風中殘燭，甚至不怎麼能行使〈天使〉的能力。正確來說，是在行使的那一刻，六喰便會消滅。必須將殘餘的最後力量留給另一名六喰才行。

「唔唔唔唔……！」

面對〈幻獸・邦德思基〉毫不留情的波狀攻擊，六喰只能逃跑，不久後便中彈。她勉強用〈封解主〉防禦，但無數的機械人偶嘲笑般不斷攻擊，試圖置六喰於死地。

不過，從六喰背後發射出的「魔力砲閃」伴隨著一陣衝擊，阻止了那些攻擊。

「……！那是！」

六喰瞥了一眼瞬間被炸飛的〈幻獸・邦德思基〉，回頭一看。

映入她眼簾的，是一艘以美麗曲線為傲的銀色艦艇。

「〈佛拉克西納斯〉！」

『收束魔力砲〈銀槲之劍〉（Mistilteinn），直擊敵方部隊！』

『接下來！射出一號到七號的〈世界樹之葉〉（Yggd Folium）到指定座標，將隨意領域展開到最大！』

船員與琴里的叫喚聲從戴在耳朵的耳麥波濤洶湧般湧來。士道瞥了一眼優雅又莊嚴地飄浮著的〈佛拉克西納斯〉後，隻身浮游於真空狀態的宇宙中。

『士道！我用隨意領域覆蓋住周圍一帶了！就算是在宇宙中也能自由活動！』

「嗯，琴里！謝啦！」

琴里率領的〈佛拉克西納斯〉迎接下定決心的士道後，升向宇宙。

從〈拉塔托斯克〉的地下設施出擊的最新銳空中艦艇一到達戰鬥宙域，便與DEM的艦艇展開激烈的砲擊戰。

『這艘經過修繕的〈佛拉克西納斯EX〉，絕對能輕輕鬆鬆打敗DEM那些傢伙！——我本來是很想這麼說啦！』

猛烈的魔力砲覆蓋住琴里的通訊，威嚇〈佛拉克西納斯〉。

『看來是必須跟這艘麻煩的艦艇周旋到底了！六喰就交給你了！』

〈佛拉克西納斯〉利用隨意領域平行移動，於千鈞一髮之際回避攻擊，然後直接對敵方高速戰艦展開砲擊。

面對瞬間展開的連續絢爛砲火，士道不由自主地用手臂遮住臉。

「〈蓋迪亞〉……！是艾蓮．梅瑟斯嗎！」

不只如此。

一名身穿機械鎧甲的金髮少女從士道的死角急速逼近。

「士道！」

飛過來的折紙抵擋住DEM的巫師阿爾緹米希亞．阿休克羅夫特的突擊。模擬長矛的光槍將光劍彈開。

「折紙……！」

「士道，這裡交給我們，快去吧。」

折紙穿上純白的CR-Unit〈布倫希爾德〉，外面又顯現出閃閃發光的限定靈裝，謹慎地凝視著阿爾緹米希亞並開口。

「你和六喰……拯救了我。」

吃驚的士道瞥了折紙一眼後，折紙開始吐露真心。

「真貨、假貨，未來、過去什麼的……根本無所謂。救救她吧。」

與現場氣氛不搭調的思緒充滿肺腑。即便六喰再怎麼唾罵自己是罪人，她拯救過的少女們如今正試圖幫助她。她們之間的確存在著情誼。

士道用力點頭，使勁踩踏地面一蹬。

隨意領域將他推向前方時，熾烈的戰鬥餘波立刻敲打著他的背。

然後——

「五河士道，你來得真慢呢。」

「……！艾薩克．威斯考特！」

與比宇宙之暗還要漆黑，宛如黑暗化身的男人對峙。

「我早就料到你會來。不，這個說法有點奇怪。應該說我『本來』就盯上了艾略特，準備襲擊〈拉塔托斯克〉的基地。」

「……？你這傢伙在說什麼啊！」

士道並不知情。

不知威斯考特正如他所說的，「本來」計劃自己帶領部隊強襲地下設施。還有士道等人後來會被〈神蝕篇帙〉的【幻書館(Ashufiriya)】妨礙，導致無法和維修後的〈佛拉克西納斯ＥＸ〉輕易飛往宇宙的未來。
士道並無從得知這個世界未迎來的「本來的ＩＦ」。
「不過，這也沒辦法……既然要舉辦如此愉快的〈魔王〉降臨儀式，我也必須出席！」
男子作秀般裝模作樣地張開雙手，他的視線前方有一股不祥的波動向上升起。
士道十分清楚那只看一眼便起雞皮疙瘩的氣息——是反轉的前兆。
而那股氣息是來自六喰。
不對，是士道不認識的「另一名星宮六喰」。
「令我們感到相當棘手的〈封解主〉精靈……當我得知有與之完全相同的存在沉眠於這片宙域時，無法止住笑意呢。想通一切的同時，啊啊，我宛如認知到初戀的孩童般……忍不住『惡作劇』。」
擁有〈神蝕篇帙〉的威斯考特應該立刻便發現兩名六喰的關係性了，並且自己也火速趕來，企圖拿下「另一名六喰」。
「如果擁有同樣〈天使〉的精靈產生衝突會怎麼樣？其中一方勝利時，吞下對方的〈靈魂結晶〉，『反轉』的話？」
此時，正如男人的腳本，圍著圍巾的六喰抵達另一名六喰身邊。
「不正是本來不可能出現的——最殘暴的〈魔王〉凱旋歸來嗎？」

感受到令人作嘔的男人真正意圖的瞬間，士道全身汗毛倒豎。

「威斯考特，你這傢伙！」

「要打嗎，五河士道？要在這片星海決一雌雄嗎？這樣也好。」

爆破之光不斷，轉瞬間周圍宙域便呈現宛如決戰的風貌。

DEM，不，是威斯考特全體總動員，打算稱霸這場宇宙鬥爭。

「從我們的角度來看，擁有未來情報的星宮六喰是最大的威脅。無論結果如何發展，都必須拿下她迷人的首級。」

沒有退路。

無法避免衝突。

不允許敗北。

「——〈鏖殺公〉！〈冰結傀儡〉、〈刻刻帝〉、〈颶風騎士(Raphael)〉、〈破軍歌姬〉、〈贗造魔女〉！」

為了守護兩名「星宮六喰」，士道釋放封印在自己體內的所有「犯規招式」，發出咆哮：

「滾一邊去————！」

◇

宛如漆黑燃燒的凶星。

看見「另一個自己」好似惡鬼蹂躪著DEM艦隊與超過百隻的〈幻獸・邦德思基〉的畫面，六喰如此思忖。

「〈封解主〉——【放】！」

另一名六喰不惜使出絕招，對無機物極盡殺戮。

彷彿被憤怒的情緒主宰；彷彿擺脫目前仍折磨自己的「惡夢」。

而少女在目睹圍著圍巾，與自己相同的存在的那瞬間，發出怒吼：

「是汝嗎！是汝嗎！不斷讓妾身見識『令人不快的夢魔』！」

「原來如此。汝，不，妳看過妾身的『記憶』嗎？」

對自己懷抱殺意的六喰察覺了一切。

另一名六喰透過「夢境」的形式，一直在觀看時光倒流的六喰所經歷的事情。

那正好與六喰在原本的世界被攻略時，與士道共享彼此記憶的現象類似。記憶透過〈封解主〉流了進來，彷彿被搖勻一般，連接起兩人的回路，另一名六喰單方面地接收記憶。

原因恐怕來自彼此的〈封解主〉。

本來不存在兩把的〈天使〉引起共鳴，打開了頻道。

「妨礙妾身的睡眠！什麼情誼！什麼溫暖！別讓妾身看此等無聊的東西！令人作嘔不已，心情不悅！」

「……」

「——然而！明明應該很無聊，為何妾身會如此心煩意亂！妾明分明對自己上了『鎖』，為何會如此！」

那無疑是悲憤的咆哮。

六喰最理解過去的自己。對失去家人，躲進毫無感受的孤獨殼裡的星宮六喰而言，未來的六喰在這一年半與士道等人建立起來的關係無非是「猛毒」。

儘管記憶與感情被封印，心靈與靈魂依然嘎吱作響，吐露哀號。

因惡夢而呻吟的少女因此被威斯考特等人喚醒。

於是，她那爆發的悲嘆招致了她的反轉。

「一切皆為妾身之過……」

優美且勇猛的靈裝產生紅色裂痕，帶著體現出混沌的顏色。

少女目前仍下意識流下的淚水也逐漸變成有如黑暗般漆黑。

六喰的「贖罪之旅」——與士道等人交心的重生與希望的日子——對另一名六喰來說是「絕望」。

「妙哉！為何與妾身一樣擁有〈封解主〉！此等妖異之物！汝是何人！汝是何方神聖！」

另一名六喰將憎惡、激憤與悲愴混雜在一起，衝了過來。

沉浸於後悔與哀嘆中的六喰應戰。

本應不可能發生的同一〈天使〉互相撞擊。

一方是纏繞著漆黑波動的巨大長戟；一方是產生龜裂，即將自我毀壞的虛幻錫杖。

一把鑰匙凶猛得企圖殲滅對方；另一把則是渴望救贖而顫抖不已。

一進一退的攻防，立刻就破壞了均衡。

「喝啊啊啊啊啊啊！」

「唔唔唔唔唔唔……！」

圍著圍巾的六喰抵擋不住對方如裂帛般的橫掃而被震飛。

六喰的身體已達極限。單腳的腳尖早已粉碎，裂痕也已裂到脖子的部分。能像這樣交戰本身就是奇蹟。

「〈封解主〉——【解】(Heresu)！」

另一名六喰使出必殺技，企圖分解連能力都使不太出來的殘破不堪的自己。

「〈颶風騎士〉！」

「！」

卻被一陣在宇宙中嘶鳴的靈力暴風打斷。

當六喰為此感到震驚，同時被吹飛時，傷痕累累的士道奔向圍巾少女的身邊。

「六喰！妳沒事吧！」

「……尊兄。汝果然也來了嗎？」

奄奄一息的六喰對士道投以安心與悲傷交雜的眼神。

「ＤＥＭ呢……？琴里她們狀況如何……？」

「大家都沒事！雖然還沒打敗威斯考特等人，在四糸乃她們的幫助下，只有我來到這裡！」

放眼一瞧，發現白金戰艦〈蓋迪亞〉正冒著黑煙墜向地球。隨著〈蓋迪亞〉的墜落，指揮亂了套的艦隊戰則由〈佛拉克西納斯〉占上風，將剩餘的戰力用來對付阿爾緹米希亞和威斯考特。

拖曳著光尾，火花四射的是折紙，或是追上來的十香等人吧。

「……為何……究竟是為何……『明明是與妾身相同的存在』……為何只有妳——……！」

不過，無法預測形勢是否會持續一面倒。

而左右戰局的關鍵人物無非是另一名六喰。

「唔——啊，啊，啊啊啊啊啊啊啊啊啊——」

「這……這是……！」

六喰用泫然欲泣的眼睛瞪向自己沒有的圍巾，以及士道和夥伴們，加速了異變。

緊握的〈封解主〉實體搖晃著，少女的背後開始浮現淡淡的巨大鑰匙輪廓。

『士道，不好了！這樣下去，〈靈魂結晶〉真的會反轉！』

戴在士道耳朵上的耳麥傳來琴里焦躁的聲音。

相反地，威斯考特等人則像在喝采般，開始脫離這片宙域。

「可是，就算想封印力量，那個六喰跟我從未交談過……！連好感度什麼的都沒有耶！」

『……！』

士道如此傾訴，可以感受到琴里在耳麥另一頭啞然無聲的氣息。

〈佛拉克西納斯〉的測量儀器也敘述著殘酷的數值。

即便在此時接吻，也必定會封印失敗。

「…………」

六喰聽著他們的對話，閉上雙眼。

〈魔王〉的呱呱墜地聲逐漸逼近，不久後，她毅然決然睜開眼。

「妾身有個計策。」

「……！真的嗎，六喰！」

「是的。另一名妾身正處於絕望之中，對擁有自己沒有之物的我感到絕望。既然如此，只要把我感受過之事、思考過之事、曾經覺得欣喜之事……全都分享給她便可。」

「……？」

「不，不對。是將一切『歸還』於她。」

聽見六喰不得要領的一番話，士道此時感到強烈的不安。

而這份「憂慮」謝絕了他的懇求，化為現實。

「接下來我會壓制住另一名妾身，你便用〈封解主〉貫穿吾等吧。」

士道、琴里與聆聽通訊的所有精靈全都頓了一下。

「希望你解放另一名妾身封鎖的記憶與感情，以及我的心。」

「……我不要。」

「妾身想讓兩顆赤裸的心重疊在一起，告訴那名妾身，她亦有容身之處。」

「……我不要！」

「現在的我已無法使用靈力，唯有能引出〈贗造魔女〉力量的尊兄……才能使用【開】。」

「——我不要！」

士道對流暢地訴說自己想法的六喰咆哮。

所有感情縱橫交錯，像個孩童般吼叫，拒絕少女期望的「臨終」。

「如果我用〈天使〉貫穿妳，妳會有何下場！要是鑰匙刺進妳現在的身體——！」

面對士道的逼問——

六喰只是輕輕解開圍在脖子上的圍巾。

「妾身已經撐不住了。」

「——！」

「如你所見……『裂痕』已遍布吾之全身，消滅只是遲早之事。」

六喰的「裂痕」已經布滿脖子。

說著說著，她的右腳、側腹部、美麗的金髮也化為玻璃碎片散落。

臉頰也「啪！」地裂開，少女露出笨拙的笑容。

「〈封解主〉的【閉】甚至能令星球停止運轉。若她墮落成〈魔王〉，世界真的會毀滅。」

「————」

「把爛攤子推給尊兄處理，妾身真心感到對不住……不過，一切皆為妾身所招致。請讓妾身親自做個了斷。」

……

六喰殘酷地奪走士道的退路。

六喰自私地強迫士道接受她的想法。

而淚水也殘酷自私地……從她的雙眼流下，化為碎片消失。
「妾身就強忍著羞恥說出口吧。尊兄……不，『士道』。」
少女呼喚少年的名字。
少女凝視少年的眼睛。
少女露出笑中帶淚的表情──

「拯救妾身二人吧。」

──然後像是拋開留戀，從士道的眼前飛起。
「…………啊啊啊……啊啊啊啊啊啊啊啊…………！」
喉嚨洩出像是收音機故障的聲音。
折起身軀，緊抱全身，強忍著迸發而出的激情奔流。
哪有這種事。
好不容易承認自己的心意，受到十香的鼓舞才來到這裡。
微小的心願無法實現，也無法貫徹不像樣的任性，莫名背負世界命運這種無聊的東西。
士道想要的才不是那種笑中帶淚的表情──

「士道！」

十香哭喊。

「士道……！」

狂三傾訴。

「……小士。」

令音呢喃。

「——拜託你，哥哥——！」

琴里站起身，發出沙啞的聲音。

「拯救六喰吧！」

在這個世界與少女度過的時間比任何人都長的妹妹，在淚水溢出眼眶的同時做出決斷。

在這個世界比任何人都想守護少女的哥哥，在最後看見了一樣東西。

那是如今仍在星海中奔馳，自己送給少女的寶物圍巾。

「——喔喔喔喔喔喔喔喔喔喔喔喔喔喔喔喔喔喔喔喔喔喔喔喔喔——！」

淚水、激情、思緒，全都化為吶喊，少年起身飛翔。

「對不住……對不住……抱歉……」

六喰奔馳在宇宙中，不停道歉。

用顫抖的聲音向另一名六喰、許多夥伴，以及自己傷害的少年道歉。

手腳化為生命的沙粒，逐漸瓦解。

提供力量直到最後的〈天使〉先行告別。

六喰飛到不久後染成黑與紅的另一個自己身邊。

『啊啊啊啊啊啊啊啊啊啊啊啊啊啊！』

即將墮落成魔王的少女的叫喚，發射出純粹的靈力子彈。

光之飛沫掠過六喰的身體無數次，每次掠過都削落六喰一部分的肉體。在單手被擊飛，靈裝逐漸消失的過程中，六喰穿過微小的隙縫，撲到另一名六喰懷中。

然後緊抱住她。

『————』

「沒事的……別擔心，六喰……」

用僅剩的力量緊緊擁抱她。

將活在回憶中的「姊姊」的聲音、體溫，分享給另一名六喰。

「那個人……不會讓妳……獨自一人的。」

即使身體如何破碎都不會毀壞的圍巾圍成一個圈，將兩人裹在一起。

然後——

「——————！」

正上方。

少年突然出現在兩名少女遙遠的頭上，呼喊雙手高舉的〈天使〉之名。

「〈贗造魔女〉——【千變萬化鏡（Kaleidoscope）】！」

掃帚天使釋放出炫目的光芒後，變化成鑰匙型的錫杖。

承載著少年的心意。

背負著少女的願望。

改變姿態的〈天使〉宛如用銀弦拉滿的箭，朝正下向射出。

「唔啊啊啊啊啊啊啊啊啊啊啊啊啊啊！」

少年發出英勇的哭吼，化為一道光線勇往直前。

啊啊，從天而降。

從上方降臨於此。

即使世界改變，六喰一直愛著的少年依舊如常——

「六喰————！」

下一瞬間，隨著吶喊刺出的〈封解主〉貫穿兩名六喰。

開啟的記憶與感情、解放的心。

兩個靈魂重疊、融合在一起，釋放出光芒。

然後，「星宮六喰」留下另一個自己，化為無數碎片四散。

◇

回過神後——

發現自己站在白色幻夢中。

一望無際的純白地平線，類似銀河之海的無數光群。

這裡肯定是漂蕩在宇宙黑暗中的星星的夾縫。

所以那應該是微不足道的奇蹟所產生的最後的時間吧。

「——六喰。」

六喰聽見叫喚聲，回過頭。

遠處站著即使墜落地獄也絕對無法忘懷的一名少年。

他的身旁則有一名與自己相同的少女閉眼沉睡著。

她的旁邊有一條圍巾。六喰摸了摸自己的脖子，發現他送的寶物不見蹤影。雖然覺得有點可惜，但也沒辦法，只能苦笑。

因為自己已經無法擁有它了。

「……士道，對不住。」

「……」

「以及，感謝你……拯救了妾身二人。」

「……」

「妾身明明說過毋須拯救自己……結果卻說話不算話，直到最後都不肯放棄。」

最後的時光希望以笑容告終。

所以說些無聊的事情。

不過，士道只是默默地凝視著她。

六喰低垂視線，露出寂寞的笑容。

另一名六喰已無大礙。六喰將自己昔日所見所感分享給她，她已經明白世界並非只有寒冷。

想必不會像自己那樣犯錯，能夠喜愛少年他們這些家人。

若是星宮六喰不會毀滅世界，六喰便達成了一個目標。

儘管有遺憾與內疚……六喰的「贖罪之旅」還是結束了。

「我說，六喰。」

六喰正苦惱著該對最後一刻被自己傷害的士道說些什麼——

他直勾勾地盯著六喰說：

「我喜歡妳。」

面對突如其來的告白，六喰滿臉通紅。

不斷眨眼，不停搖晃身體，猛然低下頭…………然後，慢慢抬起頭時，露出燦爛的微笑。

「妾身很是欣喜，士道。」

「……」

「不過，妾身……還是喜歡郎君。」

六喰對直到最後一刻還在傷害他的自己感到十分厭倦，並且繼續說：

「妾身是壞女人。美其名為贖罪之旅……或許只是不想辜負郎君的一片心意罷了。」

天上的光宛如反映六喰內心的鏡子，照出各式各樣的情景。

「想感受與郎君之間的羈絆…………想受到郎君的稱讚。」

在好幾幕光景中，浮現出六喰與並非士道的士道彼此歡笑的畫面。

目不轉睛地凝視著那幅光景的少年——

不再仰望，閉上雙眼。

「聽我說，六喰。」

接著他張開眼睛，吐露出真心話。

「我自出生以來第一次『嫉妒我自己』。」

「咦……？」

士道對停下動作的六喰傾訴自己真實的想法：

「五河士道打從心底嫉妒奪走妳芳心的五河士道。」

「————」

六喰瞪大雙眼。

雙眸失焦，靜靜流下一行淚水。

「……妾身亦羨慕能與士道一同生活的另一名妾身……」

明明決定最後不哭，卻輕易打破誓言。

士道走向邊哭邊笑的六喰，一口氣拉近原本遙遠的距離。

打斷六喰「啊——」的一聲低喃，像是要實現最後的任性，使勁抱緊六喰。

「六喰……我答應妳，我絕對不會死。」

彷彿回應兩人最初相遇時六喰給自己的擁抱。

如今士道也緊抱住六喰，填滿兩人之間的縫隙。

「我絕對會讓十香她們和另一名六喰幸福！絕對不會白費妳為了我們不斷戰鬥的心意！」

士道像是與另一名士道較勁，「寬恕六喰，療慰她的心靈」。

瘋狂的嘆息伴隨著苦澀心酸的另一滴淚水吐出。

「『所以』！下次輪到妳幸福了！」

「！」

「約好了！下次見面時，一定要跟我約會喔！」

士道將手放在六喰的雙肩上，拉開兩人的距離，含淚笑道。

無法抗拒的喜悅充滿胸口。

六喰斥責自己是個花心大蘿蔔，以嗚咽而帶哭腔的沙啞聲音回答：「嗯。」

微微頷首。

奇蹟終結。

兩人的時間宣告結束。

在士道眼前化為光之碎片逐漸散落的六喰附上最後的話語，綻放微笑。

「謝謝你，士道──」

意識逐漸模糊。

被純白的光之漩渦吞噬，一切慢慢被漂白。

接著，在最後殘留的自我即將消逝前。

溫暖的某人包覆住那一小片意識。

——妳很努力呢，六喰。

◇

楓葉飄舞。

「…………咦？」

和煦的陽光照射著紅色與黃色的樹葉地毯，產生細微的斑駁樹影。

六喰佇立在步道上發呆。

本應消滅的意識穿過白色隧道後，站著的地方是一處似乎能享受森林浴的恬靜公園。

「……怎、怎麼回事……妾身再次回到過去了嗎……？」

六喰內心動搖又困惑地環顧周圍。

時節似乎是秋季，有些涼意。

似曾相識卻又有些不同的景色。

這裡是天宮市嗎？還是夢境或幻想呢？

當六喰一無所知而倉皇失措時，突然察覺到某件事。

她的手腳好修長。

視線感覺也很高。

雖然無法俯看到腳尖的胸部隆起依舊，感覺卻比記憶中的更加豐滿。身上穿著的也是六喰不曾穿過的有些時髦的連身洋裝。

完全不明白發生什麼事的六喰下意識地想要撫摸自豪的長髮時——發現了圍在脖子上，不符合季節的「圍巾」。

「——！」

瞬間，光芒亂竄。

腦海裡被喚醒的是自己又非自己的某人的記憶。

與DEM的決戰、坦白身分後對峙的崇宮澪、一度消滅又再度復活的十香、遵守與六喰之間的「約定」的心愛少年——

手機從揹在肩上的小包包滑落，掉在地面的衝擊導致螢幕顯示出來。

映出的日期是九月十二日。

那是並非六喰的六喰與「他」所定下的——某個誕生(約定)之日。

「——！」

六喰立刻撿起手機，邁步奔馳。

就和初次回到過去那一天一樣，尋找唯一的那個人。

六喰跑得上氣不接下氣。穿的鞋好難跑。逞強穿著這種高跟鞋的自己究竟是誰！

思緒和記憶、感情交雜在一起，趕往「他」正等著的碰頭地點——

「六喰。」

聽見一聲呼喚。

摯愛的少年變成了青年。

唯獨他的笑容不曾改變。

六喰找到在楓葉隧道等待的「五河士道」後，停下腳步，流下淚水。

「……郎君？不、不對……士道？」

「『兩者都是喔』。」

士道對著屢次說不出話的六喰露出計畫得逞般得意洋洋，又好似困惑的含糊笑容。

「我全都記得。無論是對六喰射擊【十二之彈】，還是與另一名六喰生活至今的回憶……全都記得。」

「為、為何會如此？不對，倘若狂三所言為真，妾身理應會消失啊……！」

「那都是多虧了【九之彈】。」

士道一句話便揭開了能一次回答六喰所有疑問的真相。

「妳沒發現我將妳送回過去時，除了發射【十二之彈】，還射擊了【九之彈】吧？」

「……！」

「【九之彈】能與位於不同時間軸的人連接意識。妳之所以沒有消滅，也是因為這枚【九之彈】代替了狂三所說的『線』。」

六喰想起一件事。

在那個只剩兩人存在的世界中，當〈刻刻帝〉的扳機扣下的瞬間，迴盪的槍聲「重疊在一起」，自己的意識染成一片空白！

原來發射出的子彈不是一發，而是「兩發」。

與士道的緣分挽救了六喰本應消失的命運。

「那、那麼，郎君……！」

「沒錯，我一直在六喰的腦海裡觀看這一切……但我當時奄奄一息，沒辦法與妳攀談。」

士道尷尬地搔了搔臉頰；六喰不斷感到驚愕。

將六喰送回過去後，士道也一直在那個滅亡的世界獨自忍耐、生活，同時等待著。

為了讓六喰歸來，等待著對他而言相當於永遠的時間。

「我明明嫉妒得要命，回過神後卻同樣變成了『五河士道』。我的內心五味雜陳，算是情緒無處釋放吧…………不過，喜歡六喰的心情變成了兩倍。不對，比兩倍更多吧？」

苦笑的士道立刻露出溫和的微笑。

六喰不禁羞紅雙頰，因為她也跟士道一樣。

深愛「郎君」的六喰與對「士道」抱持著超越家人的情感的六喰，兩人的感情合而為一。

「士道」並未將對六喰懷抱的愛情與另一名六喰重合，比任何人都還珍視至今。

這條有著修補過無數次的痕跡的圍巾，是表示兩人關係的鐵證。

「我先跟妳說……歡迎回來，六喰。」

「嗯、嗯！妾身回來了，郎君——」

「『那麼，妳做好心理準備了嗎』，六喰？」

「——咦？——嗯嗯！」

「郎君」臉上原本溫和的笑容立刻變成「士道」的調皮笑容，將六喰抱進懷中，奪走她的雙脣。

六喰驚訝的臉蛋瞬間漲紅。

起初僵硬的身體不久後逐漸放鬆。她稍微踮起腳尖，靠在心愛的青年身上。

甚至忘記了呼吸，當士道輕輕離開時，六喰有些喘不過氣。

「妳可要遵守『約定』喔。」

「嗯？所謂何事？」

「我不是說過了嗎？下次見面時，一定要跟我約會。」

「啊——」

士道臉頰微微泛紅，眉開眼笑。

瞪大雙眼的六喰也充滿喜悅，笑逐顏開。

少女的右手與少年的左手交纏在一起，兩人同時邁開步伐，吐出一句：

「好了——開始我們的幸福(DATE)吧。」

DATE A LIVE ANOTHER ROUTE

GirlssideSHIORI

Author: Koushi Tachibana

女性向士織

橘公司

「呀～～！遲到了、遲到了～～！」

早晨，五河士織奔跑在前往私立拉塔托斯克學園的路上。

這個平凡的十七歲少女用四葉幸運草髮夾夾住她的中長髮，還算擅長烹飪，現在嘴裡咬著烤成金黃色的吐司。

她身上穿著西裝外套，胸前口袋有個「R」字圖樣。那當然是拉塔托斯克學園的徽章。來禪？不知道這所學校呢……

「呀！」

跑到轉角處時，士織與從右方衝出的人影撞個正著。吐司從口中飛出去，士織也失去平衡，眼看就要跌倒在地。

結果並未如此。

因為士織撞到的人影用力緊抱住她。

「抱歉，妳沒事吧──嗯？我還以為是誰呢，這不是士織嗎？」

「咦，啊──十流……？」

士織雙眼圓睜，抬起頭。

沒錯。映入眼簾的是拉塔托斯克學園劍道社主將，同時也是士織的同班同學，夜刀神十流。

這名美男子的最大特徵是擁有一頭烏黑如夜色的頭髮，以及一雙水晶眼瞳。他比士織高一個頭，體格健壯，五官剛毅中帶著柔和。在校內甚至有他的粉絲俱樂部。

這時，十流「嗯？」地抬起頭，嘴巴靈巧地接住了剛才從士織口中飛出的吐司，然後直接吃個精光。

「嗯，真好吃。幸好沒有浪費美味的吐司……不過，剛才的滋味是怎麼回事？明明是吐司，吃起來的味道卻像黃豆粉麵包。」

「啊……我塗了黃豆粉醬……」

「那是什麼？真有意思。仔細說來聽聽吧。」

說完，十流突然將臉湊近。沒有意識到自己帥氣的男人的臉蛋迎面而來，令士織不禁羞紅了雙頰。

「──你在做什麼啊，十流？」

這時，一道聲音冒了出來。

循聲望去，發現一名穿著與十流同樣制服的少年站在那裡──他是拉塔托斯克學園的學生會長，同時也是士織的同班同學，鳶一折遠。

他擁有一頭淡色的髮絲與一身白皙的肌膚，容貌如人偶般端正。上述的條件與他苗條的身軀相輔相成，營造出一種人造物般的危險美感。順帶一提，聽說他也有粉絲俱樂部。

「喔喔，折遠。沒有啦，我不小心撞到了士織。」

「那你沒必要一直黏著她吧。離她遠一點。」

折遠如此說道，一把拉過士織的手。士織才剛從十流的臂彎裡解放，這次又被折遠逼到圍牆邊，遭到壁咚。雖是圍牆，但還是叫壁咚。

「呀！」

「真是的……妳未免太沒有防備心了吧。充滿破綻，令人看不下去……」

這次換折遠將臉湊近士織，妖魅地擺動著長長的睫毛。

「哇、哇啊啊……」

「喂，折遠！你要對士織做什麼！」

當士織滿臉通紅、驚慌失措時，十流抓住折遠的肩膀。

「幹嘛，可以別碰我嗎？」

「少囉嗦，那是我要說的。沒看見士織很困擾嗎！」

兩人一如往常開始鬥嘴後，一輛車突然在他們後面停下來。

是一輛車身很長的黑色豪華轎車。車身太長，根本看不見前端。

「——嘻嘻嘻、嘻嘻。哎呀哎呀，兩位一早就這麼有精神呀。」

車窗開啟，坐在車內的人物發出獨特的笑聲。

這名少年擁有一頭烏黑亮麗的髮絲，皮膚如白瓷般白皙，細長的眼睛彎成邪魅的笑眼。他的左眼被醫療用眼罩遮住。

「——狂三！」

十流看見他的臉後，大聲呼喚他的名字。

沒錯，他是時崎狂三。名字的發音唸作KYOUZOU，不可能唸作KURUMI。他是時崎財閥的公子，也是士織的同班同學。順帶一提，他也有粉絲俱樂部，會員好像都戴著貓耳髮帶。

狂三愉悅似的彎起一隻眼睛，望向士織。

「早安，士織同學。十流與折遠似乎很忙，就由我送妳到學園吧。來，請上車。」

「咦？謝……謝謝……」

「——這樣啊。不好意思啊，狂三。」

「——那就接受你的好意啦。」

士織有些猶豫地說完，十流與折遠便緊接著點點頭，坐進豪華轎車。

狂三見狀，無奈地聳肩。

「唉，真是的。我可沒有對你們說。」

「別說這種冷淡的話嘛——唔？這是怎樣……車子裡有零食和水果……？」

「正好，我還沒吃早餐，就不客氣了。」
「啊！等一下，那是特地為士織同學準備的──」
這次換三個人吵鬧地鬥起嘴來。
士織臉頰流下汗水，苦笑著接受好意，坐到車上。

超長豪華轎車搖晃了幾分鐘後。
士織一行人抵達私立拉塔托斯克學園。
剛才快要遲到的士織因為搭便車，大幅縮短了時間。她向司機（貓耳）道謝後下車。
就在這個時候，有人向士織攀談：
「──啊，姊姊，我出門的時候妳不是還在家嗎！」
「咦？啊──麻琴。」
站在那裡的是士織的弟弟五河麻琴。
這個可愛的少年最大的特徵是一對如橡實般圓滾滾的眼睛，圍在脖子上的白色領巾和含在嘴裡的加倍佳棒棒糖是他的正字標記。另外，麻琴也有粉絲俱樂部，大半會員是高年級生，但她們都稱呼士織為「姊姊大人」。

「咦～～好奸詐喔～～我也想搭車上學～～」

「啊哈哈……抱歉、抱歉。不過，我也只是碰巧搭了便車罷了……」

當士織正在安撫麻琴時，位於麻琴後方的一群少年依序向她打招呼。

「士織，早安。」

「呵！妳今天也很漂亮呢，看得四糸宗的心情也很美麗喲。」

低下頭如此說著的，是特徵為蓬鬆頭髮與柔和五官的少年，還有戴在他左手的兔子手偶。

他們是麻琴的同班同學冰芽川四糸希與他的夥伴「四糸宗」。

他們竟然各自有粉絲俱樂部，四糸希粉絲俱樂部的會員叫作「小兔子」，而「四糸宗」粉絲俱樂部會員則叫「御家人」。

「……………早。」

從四糸希背後語氣冷淡地如此說著的，是一名在西裝外套底下穿著帽T的少年。頭髮到處亂翹，雙眸帶著不悅——他是四糸希的好友，鏡野七槻。

順帶一提，原本不上學的他又像這樣正常上學的來龍去脈，換算成文庫的話，大概可以寫成約兩百五十頁的故事，這次因為篇幅的關係，就此割愛。

他也有粉絲俱樂部，但會員主要是在網路上進行活動，幾乎沒有露面過。會長的網路暱稱是「十六夜」，但沒有人知道其真實身分。

「唔嗯。真是個美好的早晨呢，郎君。」

而最後說話的，是一名說話方式帶點古風味道的少年。

這名將長髮整齊地盤起，身材嬌小的少年，名叫星宮喰六。他也是麻琴的同班同學。

順帶一提，他稱士織為「郎君」的原委，換算成文庫的話，大概可以寫成約四百頁的故事（以下省略）。

他的粉絲俱樂部通稱「行星群」，會員彼此以行星的名稱稱呼已成慣例。會長的代號是「月」，但沒有人知道其真實身分。

「嗯，大家早安。」

士織面帶笑容打招呼後，四糸希與喰六便微微一笑，七槻則是一臉害羞地挪開視線。

「那我們走吧。」

士織如此說完便穿過校門，走向校舍。

於是，十流、折遠和狂三也緊跟在後。

結果——

「——呼哈哈哈哈！審判之門已被薄暮之鐵鏈封鎖！欲至約定之地，只要念誦規定之咒語便可！」

「翻譯。他說：我也想更靠近士織，卻因為讀隔壁班，沒辦法實現。至少希望上下學時能跟士織打招呼。

「可以不要隨便幫我配副聲道嗎！」

士織一行人來到校舍後，便看見兩名長相一模一樣的少年宛如金剛力士像，站在鞋櫃的左右兩側，發出宏亮跟平靜的聲音。

站在右側的是用銀飾妝點穿得隨性的制服，右手纏著繃帶的少年。

站在左側的則是將制服穿得整整齊齊，戴著細框眼鏡的少年。

他們是士織隔壁班的雙胞胎，八舞耶津矢與八舞結弦，分別管理運動社團與文化社團。

順帶一提，他們除了耶津矢粉絲俱樂部、結弦粉絲俱樂部，還有耶×結粉絲俱樂部與結×耶粉絲俱樂部，據說日日夜夜不停展開以血洗血的抗爭。

「耶津矢、結弦，早安。你們今天也很朝氣蓬勃呢。」

「……！喔、喔。早安……」

士織說完，耶津矢臉頰微微泛紅地回應。乍看之下個性狂野的少年竟然會做出這樣的反應，看起來莫名可愛。

於是，結弦呢喃般接著說：

「讀心——糟糕，士織果然超可愛的。好香喔……好想跟她結婚……耶津矢心裡這麼想。」

「結弦～～～～～～～！」

耶津矢滿臉通紅，大喊著打算抓住結弦。

不過，結弦輕輕一閃，就這麼往校舍內跑去。

「退散。那麼，待會兒見。」

「給我站住，結弦～～～！少在那邊亂說話～～～！」

兩人留下喧鬧聲跑走了。順帶一提，結弦參加的雖是文化社團，腳程卻快得不輸耶津矢。

「啊、啊哈哈……兩人真是老樣子呢……」

士織露出不知是今天第幾次的苦笑後，在鞋櫃處換上室內鞋，走進校舍。

於是，不久後發現走廊前方聚集了一堆人。

「嗯……？怎麼回事？」

士織感到疑惑，從學生們的縫隙窺探前方——

「——啊！哈妮！我等妳好久了！」

位於人群中心的人物眼睛立刻閃閃發光，奔向士織身邊。

那是一名高挑的少年，五官端正，手腳修長，擁有令人心蕩神馳的美聲。

——他是誘宵璃九，拉塔托斯克學園三年級生，也是目前活躍於歌壇的當紅偶像。不只校內，甚至還有官方粉絲俱樂部，其他粉絲俱樂部的會員數跟其無法相比。

「呀！璃、璃九學長……！」

士織吃驚得縮起身體，他便牽起士織的手，環抱她的腰，擺出宛如花式滑冰選手或歌劇演員的姿勢。

「啊啊，哈妮！見不到妳的這幾天，我的心有好幾次就快要撕裂了！來，為了慶祝我們的再會，給我一個熱吻吧——」

說完，璃九「嗯～～……」地嘟起嘴唇。

「哇、哇啊啊……」士織只能不知所措地羞紅臉頰。

於是，站在士織背後的十流與折遠把璃九從士織身邊拉開。

「喂，璃九！你這是做什麼！」

「——喔喔喔！十流！折遠！還有其他人！」

不過，璃九毫不退縮，而且情緒比剛才更高漲，容光煥發。

沒錯。其實這個誘宵璃九超級喜愛美麗的美少年（雙重形容）。

「我好想你們兄弟倆啊！來個再會的擁抱吧！」

璃九閃亮☆地眨了眼，撲向十流。不過，十流憑藉著與生俱來的運動神經輕易地閃過。其他人為了逃離璃九的擁抱，也當場躲閃。

被抓住的只有之前拒絕上學又運動不足的七槻。

「七槻，抓～～～到～～～你了～～～～！來～～吧，磨～～蹭磨蹭磨蹭，嗅～～～～嗅

嗅！我要把頭鑽進你連帽衣的兜帽裡面！」

「呀————————！」

七槻的慘叫聲響徹整個拉塔托斯克學園的走廊。「哎呀哎呀……」「這可真是……」周圍的觀眾只是羞紅著臉頰，將這幅光景拍下來。

引起這場騷動後——

「啊～～……真是的，你們在做什麼啊？我因為宿醉頭痛得要命，別那麼吵好嗎……」

大概是聽到走廊的騷動，一名男教師踏著緩慢的步伐從走廊深處走來。

這名男子頭髮亂七八糟，戴著眼鏡，長著稀稀疏疏的鬍渣。

他是本条蒼二，這所學園的美術教師。順帶一提，他也有粉絲俱樂部。這所學園似乎存在著許多專愛廢物男的麻煩奉獻型女孩。

「老師！」

「喂～～給我分開。不純潔同性交往在家裡做就好。」

「好的～～——反正我已經接種夠多的七槻元素，就到此為止吧。」

璃九意外老實地放開了七槻。短短十幾秒就變得像枯木的七槻軟弱無力地癱倒在地。

「七、七槻……！」

四糸希擔心地衝向七槻。

這次換蒼二蹲在他旁邊。

「欸嘿嘿，小七，恭喜你保住一命。這都是多虧本大爺我！的幫忙！」

「……你、你想說什麼啦……」

「沒有啊～只是這週末，你可以再來我家幫我『工作』一下嗎……當然不會虧待你的。」

說完，蒼二露出意味深長的笑容。

「哎呀！」觀眾們聽見這句話後，臉頰更加通紅了。

……其實蒼二以「本条二亞」這個筆名連載少女漫畫，只是拜託七槻擔任漫畫助手——但聽在旁人耳裡十分曖昧。

「……本条老師。」

就在這時，蒼二的背後冒出一道低沉的聲音。

「嗯？怎樣？有其他人想幫我……——」

蒼二回過頭，頓時止住話語。

理由很單純。因為站在那裡的不是學生，而是在西裝外披著白袍的男性。

——他是村雨令司，拉塔托斯克學園的物理老師。愛睏的雙眸，用眼鏡遮住刻在雙眸下深深的黑眼圈。

順帶一提，他也有粉絲俱樂部。由於校內所有粉絲俱樂部會員人數加起來超過全校學生的數量，推斷有不少人參加複數個粉絲俱樂部。有些粉絲俱樂部不允許這種行為，似乎偶爾會有叛徒告密的樣子。

「……你還有工作要做吧。跟我走吧。」

「咦？啊……不，令令，我肚子有點痛……」

「……那可不得了。必須立刻進行開腹手術才行。」

「突然要進行外科手術？」

令司揪住蒼二的後頸，拖著他離開現場。學生們見狀，一臉「又來了……」的表情苦笑。

「真是的……蒼二老師一點都沒變。」

十流無奈地搔了搔頭，面向士織。

「——好了，走吧，士織。小珠老師要來了喔。」

「啊——嗯。」

士織輕輕點頭後，再次邁步前往教室——順帶一提，小珠老師是士織等人的班導師，岡峰珠三郎老師。

「…………呼……」

士織和大家走在走廊上，發出旁人聽不見的嘆息。

——熱鬧、愉快、有點吵鬧的拉塔托斯克學園的日常。全是帥哥的學園生活。

「…………」

不過對士織而言，那並非全然是快樂的日子。

士織瞥了一眼和她並肩同行的十流與折遠的側臉。

「嗯？怎麼了，士織？」

「……！沒、沒什麼。」

直覺敏銳的十流察覺到士織的視線後，如此說道。士織臉頰泛紅，連忙將臉轉回前方。

——即使平時正常地應對，某個不經意的瞬間卻會非常在意他們。士織像要甩開腦海裡蒙上的薄霧，用力搖了搖頭。

不過，這也無可奈何吧。

因為士織從這所學園畢業之前——必須做出一個選擇。

◇

——一切的開端，始於約三個月前。

「私立拉塔托斯克學園……嗎？」

士織嘟囔著唸出手上信封寫著的名字後，面向前方。

那裡有著一扇雙開式大門，門上刻著「學園長室」四個字。

「……話說回來，突然要我轉進這所學園……究竟是怎麼回事……？」

士織困惑地嘀咕。

沒錯。士織並非自己決定就讀這所學園，而是某天突然收到沒有報考的合格通知書，接著又收到制服和教科書，還順便向她之前就讀的學校提出轉學申請。

老實說，士織覺得莫名其妙，超恐怖的。

但就算跟校方解釋自己並未提出轉學申請，校方也不接受，不管去哪裡詢問，也像是事先商量好的一樣只說「請到拉塔托斯克學園」，自己只好來到這裡。

當然，她不打算老老實實地轉進這所學園。雖然基於方便，穿上了拉塔托斯克學園的制服，但真要說的話，今天算是來要求校方對這一連串難以理解的事情做出說明。

「…………」

士織深吸一口氣後，下定決心，敲了敲門。

於是，門內立刻傳來一道含糊的聲音。

『——請進，門沒鎖。』

這道聲音聽起來很年輕，語氣平易近人，不像是想像中學園長給人的印象。士織儘管覺得疑惑，還是回答「打擾了」，推開大門。

室內很寬敞。牆壁上並排著疑似歷代學園長的肖像和各種獎杯、獎狀等物品，附近有會客用的沙發和桌子，靠裡面的地方能看見一張高級辦公桌和面向後方的大椅子的椅背。

「——妳終於來了啊，五河士織同學。」

椅背後方傳來這樣的聲音，感覺比隔著一扇門時聽到的聲音更加高亢。

不過，既然在學園長室，肯定就是學園長吧。士織露出銳利的視線發言：

「……請問這是怎麼一回事？我不記得我有提出轉學申請。」

「嗯，我想也是。不過很抱歉，此事已定。從今天起妳必須就讀這所拉塔托斯克學園——對了，不用擔心學費的問題。妳是以特別獎學生的身分轉進來，免除所有學費。如果還有其他必要的東西，儘管說，我會盡量協助妳。」

學園長如此說道，從椅背後方露出一隻手，指尖夾著附有小棒子的糖果。

聽見這優待得令人產生疑慮的條件，士織皺起眉頭。

「……我沒有在問這種事。我的意思是你們太恣意妄為了。你們讓我轉進這所學園究竟有什麼目的？」

「目的啊——」

學園長如此說道，慢慢轉過椅子。

不久，便揭曉了原本隱藏在大椅後面的面貌。

「咦———？」

士織見狀，不禁雙眼圓睜。

不過，這也是理所當然。若是處於同樣的狀況，就算不是士織，肯定也會露出一樣的表情。

——假如看見自己的弟弟就坐在學園長的椅子上。

「麻、麻琴……？你在這種地方做什麼……」

士織傻眼地呢喃，學園長——五河麻琴便將手中的糖果扔進嘴裡。

「看了不就知道？我是學園長啊。」

說完勾起嘴角。

他的表情跟語調令士織更加混亂。

現在位於眼前的是弟弟麻琴，絕對無庸置疑。不過，現在露出狂妄笑容的麻琴與平常天真爛漫的麻琴，實在不像是同一人物。

仔細一瞧，平常總是圍在脖子上的正字標記白領巾，變成了黑色。

「麻琴是……學園長……讓我轉進這所學園……？咦……？等一下……完全搞不懂。這到底是怎麼回事啊……？」

士織扶著頭困惑地說道，麻琴便一副「也難怪會有這種反應」的樣子聳了聳肩。

「哎，也難怪妳會腦子一片混亂。妳只要慢慢理解狀況就好了。」

「不過——」麻琴接著說道：

「士織，妳就讀這所學園已經是板上釘釘了，不論有任何理由都無法更改。妳必須在這所學園——做『某件事』。」

「某件事……？」

士織在依然被混亂與困惑支配的情況下反問。

於是，麻琴用手指夾住含著的糖果棒，直接指向士織。

「沒錯——同學、學弟、學長、教師……誰都行。『妳必須在畢業前，從這所學園中選出妳的新郎』。」

「咦——」

聽見麻琴突如其來的宣言——

「咦咦咦咦咦咦咦咦咦咦咦咦咦咦咦咦咦咦咦咦咦咦咦咦咦咦咦——！」

士織發出當天最響亮的聲音。

◇

「……要我選出……新郎……」

士織用擀麵棍擀平餅乾的麵團，一邊嘀咕。

現在是第六節課，家政科的烹飪實習。士織用三角巾綁住頭髮，圍著可愛的圍裙，勤奮地做餅乾。

不過，在這樣的瞬間也令她突然想起這件事。

——結果轉學的事情無法更改，士織最後還是就讀了私立拉塔托斯克學園。

說不反感是騙人的，但校方已經完全受理文件，無法回去原本的學校就讀，根本沒有選擇的餘地。

話雖如此，拉塔托斯克學園本身絕不是什麼不好的地方。有最新銳的設備、充實的課程、性情溫和的學生們……老實說，甚至覺得讓她學費全免就讀這所學園真的可以嗎。

而且說什麼新郎的，也不過是麻琴自說自話罷了。這種事要靠時機和感覺，就算士織有心上人，對方也有選擇的權利吧。

士織只想正常地享受校園生活，自然而然地畢業就好——

……轉學幾天的期間，士織一直抱持這樣的想法。

不過，之後在拉塔托斯克學園度過約三個月。

士織的周圍化為帥哥☆天堂。

而且每個帥哥動不動就和她搞曖昧，從未和異性交往過的士織每天都心跳不已。

「……不過，當然有可能是我誤會了啦！」

士織嘟噥著過於大聲的自言自語後，拿出餅乾模具，以迅雷不及掩耳的速度，叩叩叩叩叩叩叩——地壓模。周圍傳出「「喔喔……！」」這樣的騷動。

「——織、士織。」

「……咦？」

聽見有人突然呼喚自己的名字，士織抬起頭。

於是，便看見眼前站在一名圍著圍裙、綁著三角巾的女學生——她是士織的同班同學，殿町宏子。

「妳……到底打算做多少啊？是要開店嗎？」

宏子傻眼地說道。

士織看向手邊後，發現那裡擺著無數個餅乾麵團。

「啊……抱歉。我好像發呆了一下……」

「是、是嗎……發呆歸發呆，手腳倒是挺快的嘛……」

「我已經習慣成自然了。因為我是個廚藝還不錯的平凡女孩……」

「會這樣自稱也是滿少見的……」

宏子流下汗水如此說道，但立刻又打起精神，嘆了一口氣。

「算了。快點烤好吧。這裡的大型烤箱應該放得下這麼多餅乾吧。」

「啊──嗯。」

士織回答後，宏子便露出意味深長的笑容，挨近士織。

「……所以？妳打算送給誰？」

「咦？」

「咦什麼咦。難得做了餅乾，不有效活用未免太浪費了吧──十流？折遠？狂三？還是隔壁班的耶津矢、結弦兄弟？啊，一年級的四糸希、七槻和喰六也不錯呢。我可不允許妳回答弟弟麻琴這種安全牌的答案喔～～啊，不過如果妳是真心的，那就另當別論。」

「不、不，那個……」

「──啊！該不會是璃九大人吧？嗚哇～～競爭率本來就已經夠高了，如果連妳也參戰，我根本贏不了妳～～還是蒼二老師……？那個人沒有在下廚，感覺會很渴望這種手工餅乾，收到應該會很高興吧？還有物理的令司老師這條路……不過，我覺得那個人算是攻略所有角色後才會開放路線的隱藏角色。」

「……妳在說什麼啊？」

士織歪過頭後，宏子便擺擺手，發出「哎呀」一聲。

「別在意，只是朋友角色的血液騷動了一下。」

「這、這樣啊……」

宏子說的話有種不容分說的說服力。老實說，士織搞不太清楚，反正就是那麼一回事吧。

「不管要送誰，都得好好做才行。好了，快點快點。」

宏子說完，在烤箱的烤盤上鋪上烘焙紙。士織點了頭，將麵團等間隔排在烘焙紙上。

「……要送給誰啊……」

士織拿著愛心形狀的餅乾麵團，低喃這句話。

◇

「——好了，回家吧，士織！」

放學前的班會一結束，十流便精神奕奕地對士織如此說道。明明上了一天課，他的臉上卻不見任何疲憊的神色。不愧是劍道社的主將。

「啊，嗯。你今天不用去社團嗎？」

「嗯，今天休息，所以可以到處逛逛。如果妳有想去哪裡逛——」

就在這時，十流像是察覺到什麼，止住話語，然後動了動鼻子。

「……這是什麼味道？好香喔……」

「咦？啊……該不會是這個吧……？」

士織從掛在書桌旁邊的紙袋中拿出一小包餅乾。

於是，十流驚訝地雙眼圓睜。

哎，不過這也難怪吧。因為在女生進行烹飪實習的期間，男生正在工藝教室做其他實習。

「該不會是餅乾吧……？」

「嗯。剛才上烹飪實習課烤的。」

「……！而且是……剛烤好的……？」

十流皺起眉頭，指尖顫抖著。看見他誇張的反應，士織不禁笑了出來。

「方便的話，要不要嚐嚐看味道？」

「——可以嗎！」

「嗯。不過，我不保證好吃就是了。」

「哈哈，士織做的餅乾怎麼可能不好吃嘛。」

十流爽朗地笑道……其實士織是謙虛才這麼說的，但聽到對方如此率直地回答，不免感到有些難為情。

「嗯？怎麼了？」

「沒有，沒什麼。那麼，這個——」

當士織想把那包餅乾遞給十流時，突然止住話語。

理由很單純。因為士織拿在手上的餅乾瞬間消失了。

「咦？奇怪？」

「——折遠！」

當士織眨著眼感到疑惑時，十流望向右方呼喚折遠的名字。

士織循著十流的視線轉過臉，便看見折遠拿著那包餅乾。看來是在那一瞬間搶走了士織手上的餅乾。

「你幹嘛搶走士織的餅乾——」

「——那是我要說的吧。竟然偷跑，這樣不好吧？」

「什麼……？」

十流皺起眉頭說道，有人突然拍了一下他的肩膀——是狂三。

「折遠說得沒錯。竟然拋下我們，想得到士織的餅乾，未免太不像你的作風了。想要獲得餅乾，就堂堂正正地爭取如何？」

「你說……堂堂正正？」

於是，彷彿就在等這句話似的，教室前方的門正好在此時開啟。

「——被我聽到了！」

「——失禮。八舞兄弟參戰。」

隔壁班的耶津矢與結弦擺出帥氣的姿勢登場。

「咦？咦……！」

正當士織對突如其來的事態感到不知所措時，這次換教室後方的門被使勁打開。

「士織學姊的餅乾……我不會輸。」

「呵呵呵！四糸宗粗暴的部分要久違地甦醒啦……」

「唔嗯。既然是郎君親手做的餅乾，我如何能不爭戰呢？有星形的嗎？」

「……呃，我是無所謂啦……」

一年級的四糸希&「四糸宗」、喰六、七槻陸陸續續地露臉。明明教室在其他樓層，趕來的速度還真是驚人。

不過，事情並未到此為止。緊接著換教室的窗戶被一把打開。

「聽到哈妮的餅乾，我可沒辦法坐視不管！不過，放心吧。我可不會獨占，會分給大家——用嘴巴餵！」

「——哈哈！熱鬧起來了呢。好，這場比賽，本条蒼二我贏定了！」

「你們是從哪裡冒出來的啊！」

看見從教室窗戶冒出來的璃九和蒼二，士織哀號。不過除了士織，似乎沒有任何人在意。

「——也好。你們夠資格當我的對手。士織的餅乾我要定了！」

「那是我要說的好嗎？我才有資格吃到士織的餅乾。」

「嘻嘻嘻嘻嘻——就拿來配我的下午茶吧。」

「呃……那個～～……用不著爭成這樣……」

士織臉頰流下汗水，試圖阻止，但燃起鬥志的少年們早已渾然忘我。

就這樣，與士織本人的意志無關，士織的餅乾爭奪戰逕自拉開序幕。

「——事情就是這樣！現在開始舉辦第一屆爭奪士織餅乾，怦然心動☆男子水上相撲！由國民哥哥本条蒼二為您進行實況播報，解說則由戰慄的冷血壓，村雨令司老師負責！」

「……為什麼是我？」

設置在泳池畔的實況播報臺傳來這樣的聲音。

拉塔托斯克學園自豪的室內游泳池，如今設置了男人決戰的舞臺戰場。

到底是從哪裡拿來的？泳池的水面漂浮著一塊正方形大浮板。浮板表面畫了一個圓，看起來像是土俵。

而換上泳褲的少年們在泳池邊排成一排。

緊實的腹肌、看起來強而有力的上臂二頭肌、感覺有彈性的臀大肌到股二頭肌的線條，各種肌肉在狂歡。士織看見他們的模樣，小鹿亂撞個不停。

順帶一提，所有人都穿著包覆到大腿或腳踝的競泳泳褲，只有璃九穿著大膽的三角泳褲。

另外，不知為何，在實況播報臺的蒼二與令司也穿著泳褲，令司甚至套上一件白袍。性癖爆發。

「水上相撲……換句話說，就是在那個土俵上互相推擠，掉到水裡的人算輸——沒錯吧？」

狂三將手抵在下巴說道。於是，負責實況播報的蒼二大幅度地點了頭。

「沒錯！但是不只如此。這次採用的是生存遊戲方式！也就是說，所有參賽者站到土俵上，同時開始對戰，到最後還站在土俵上的人就獲勝！」

「「…………！」」

聽見蒼二的說明，少年們露出嚴肅的表情。

不過，這也是理所當然。因為一對一與生存遊戲的戰鬥方式肯定完全不一樣。

少年們彼此對看——土俵本來就不穩了，若是被複數人盯上，想必很難站穩吧。究竟要先幹掉誰，又要如何存活下來，明爭暗鬥似乎已經開始了。

不過，在這樣的狀況下——

「——喝！」

有一道人影完全不管現場暗潮洶湧，從泳池畔跳到土俵上——是十流。

「簡單來說，只要把所有人打到水裡就可以吧？嗯，淺顯易懂。所有人同時放馬過來吧！」

他發出穿透力十足的聲音撂下狠話，勾了勾手指示意大家展開攻勢。

「——…………」

看見他那完全沒有心機的模樣，其他少年莞爾一笑。

「哼——也罷。就讓你遭颶風吞噬，沉入深淵吧！」

「應戰。堂堂正正地決勝負吧。」

「我、我也……不會輸！」

少年們各自吐出上述的話語，陸陸續續站上土俵。順帶一提，所有人都輕盈地從泳池畔跳到土俵上，只有七槻是先跳進泳池再爬上土俵。爬上土俵時，四糸希還拉了他一把。

「唔嗯……看來吾亦必須拿出真本事才行呢。」

最後留在泳池畔的喰六一口氣脫掉披在肩上的運動服。

「——什麼……！」

看見他的模樣，少年們瞪大雙眼。

因為在少年當中身材較嬌小的喰六體格鍛鍊得非比尋常。倒三角的身材、六塊腹肌、彷彿停了小型吉普車的肩膀，練到這種程度，想必也曾難以入眠吧。

「好、好健美的身材啊……！」

「你對他的身材有什麼看法……」

「我比較想知道他是怎麼練的……」

大家你一言我一語，脫口說出像是格鬥士的話。不過，喰六本人卻歪過頭，不太明白大家為何反應如此熱烈。

「……唔嗯？爾等所言何意啊？吾之身材很普通吧。」

喰六一臉疑惑地如此說道。看來並非謙虛，而是真心這麼認為。

接著，喰六跳上土俵，所有參加者已抵達戰場。

一觸即發的緊張感籠罩著整座泳池。

「——嘿嘿嘿，很有幹勁嘛。準備萬全的感覺。那麼，士織，請對大家說句話吧～～」

說完，蒼二突然要求士織發表意見。完全大意了的士織發出變調的聲音「咦！」了一下。

「呃～～……開、開始我們的……對戰（DATE）吧？」

結果只說得出這種不知所云的臺詞……但對大家而言，有這句話就足夠的樣子。已經處於臨戰態勢的少年們散發出更加濃密的氣魄。

「好耶，那比賽要開始嘍～～！發氣揚揚——尚在場內！」

然後，隨著蒼二的聲音——

「——喔喔喔喔喔喔喔喔喔喔喔喔喔喔喔喔喔喔喔喔！」

男人們的戰爭開始了。

聚集在土俵上的少年們同時互相推擠，原本就不穩定的水上土俵劇烈搖晃。

「呼————！」

「唔，真有一套！不愧擁有神代獵人（orion）的稱號……！」

「佩服。不愧是折遠大師。不過，結弦與耶津矢也不會輸。」

「嘻嘻嘻——看來必須解放我封印在左眼的力量了——呃，哇、哇哇……！」

「呀哈～～！狂三有機可乘～～！」

「四、四糸宗……」

「——唔嗯……！好驚人的臂力啊，十流……！」

「喰六你也不遑多讓啊！下手真重啊——！」

「呵！好大的力氣，七槻。完全掙脫不開。」

「呀————！」

參加者進行以上的對話。

少年們的戰爭在水上土俵各處熱烈上演。

飛濺的汗水、響亮的推打聲、互相碰撞的大胸肌。

令人目眩神迷的肉體世界在那裡擴展開來。

「哇、哇啊啊……」

「——哎呀，士織觀看男人們的熱戰，臉頰變得紅通通的！擔任解說的令司老師，這究竟是怎麼一回事！」

「……其實有資料顯示，她可能是隱性的戀肌肉癖。」

「喔喔，這事實太令人震驚了！各位加油啊！士織的視線緊盯著你們的肌肉啊！」

「別、別亂說！」

士織不禁對令司與蒼二發出哀號般的聲音。

不過，蒼二並未就此退縮。他揚起嘴角，接著說：

「……所以？士織妳喜歡哪邊的肌肉？」

「…………腹斜肌。」

「套出答案了！各位！不要忘了秀出你們的腹斜肌！」

蒼二高聲大喊。不假思索脫口回答的士織滿臉通紅地抱著頭。

——就這樣，在水上展開激戰後數分鐘。

「唔哇……！」

「唔——！——」

播報員

一個又一個參加者從土俵上淘汰——

最後只剩下兩名少年。

「……剩下你啊，折遠，我早有預感會是你了。」

「……十流。」

最後兩人——十流與折遠，壓低上半身面對面。

兩人因為先前激戰所流下的汗水與飛濺的水花，全身都濕了。緊貼在額頭與後頸的髮絲又顯得格外性感。

「…………」

「…………」

十流與折遠一語不發地四目相交。

連眨個眼都不允許的緊張感，稍有疏忽便會墜入死地的緊迫感。

只有從兩人的髮梢滴落的水珠靜靜地刻劃著時間。

不過——

「——啊，那裡竟然有黃豆粉麵包在天空飛。」

「什麼！」

本以為會持續到永遠的均衡狀態，沒想到輕而易舉便崩塌了。

折遠的一句話令十流轉頭望向後方。

折遠趁機瞬間縮短距離，將十流逼到土俵邊緣。

「什麼……你騙我！根本沒有黃豆粉麵包在天空飛啊！」

「我沒有騙你。野生的黃豆粉麵包逃跑的速度很快，你只是追丟了吧。」

「這、這樣啊……你當我三歲小孩喔！」

十流咆哮般說道，大腿用力，踏穩土俵，健壯的臀大肌呈現緊繃的狀態。大飽眼福。

「乖乖地落水吧。能得到士織餅乾的是我……！」

「開什麼玩笑！士織的餅乾——是我的啦～～～～！」

十流將手繞到折遠的背後，抓住他的泳褲後，直接以上手投的要領將他扔向土俵外。隨後響起「撲通！」一聲巨大的聲響，折遠沉入泳池。

「——勝負已定～～～！第一屆士織餅乾爭奪戰的勝者是——夜刀神十流！」

蒼二高聲宣言後，排在泳池畔的淘汰者們發出歡呼。

十流肩膀大幅上下擺動，劇烈地喘了片刻，不久撩起濡濕的瀏海，對士織露出爽朗的笑容。

「……！」

看見他那天真無邪的表情，士織不禁小鹿亂撞。於是，令司溫柔地推了一下士織的背。

「……好了，將獎品頒發給勝者吧。」

「啊……好、好的。」

士織拿起一包餅乾，走到泳池旁。

接著，將餅乾遞給站在土俵邊緣的十流。

「呃，那個……恭喜你……其實這種東西不需要你大費周章贏來……但還是請你收下。」

「妳在說什麼啊？我很高興喔——謝謝妳，士織。」

十流微微一笑後，拿起士織遞給他的餅乾。

不過，就在這個時候！

「……嗚哇！」

浮在水上的土俵突然搖晃了一下，隨後餅乾從十流的手中滑落，掉進水中。

「……噗哈……唔！輸了嗎……」

緊接著，折遠冒出水面，一臉不甘心地咬牙切齒。看來是沉入水中的折遠浮上來時，導致土俵晃動。

他似乎沒有惡意——十流卻異常失落。

「啊，啊，啊——士織的餅乾……我、我怎麼會這麼不小心……」

他雙手顫抖，當場抱頭跪下，臉上明顯浮現陰鬱的絕望神色。

「那、那個～～……」

就算再怎麼期待餅乾，未免也有點太誇張了吧。士織臉頰流下汗水，正打算開口安慰他。

——然而，下一瞬間……

「咦……！」

士織不禁瞪大雙眼。因為在土俵上蹲下蜷縮著的十流身體竟然散發出漆黑的氣息。

「這、這是什麼……！」

「……糟糕，是反轉——」

當士織感到不知所措時，位於後方的令司如此說道。

「反、反轉！那是什麼！」

「……十流他們如果感到強烈的絕望，便會反轉。拜託妳，士織，能讓他恢復原狀的，只有妳了。」

「這是什麼唐突的設定！話說，根本沒有解釋到任何東西啊！」

士織發出哀號般的聲音，但她明白這件事非同小可。在這段期間，包圍住十流的氣息也逐漸變強，愈來愈濃。

「十流究竟……會變得如何呢？」

「……詳細情形不清楚。不過恐怕——」

「恐怕怎麼樣？」

「……會變成和平常的十流性格截然不同，傲慢的大男人帥哥吧。」

「…………」

感覺變成那樣好像也挺迷人的。不過，士織用力搖了搖頭甩開這種想法。

十流這麼痛苦，不能放著他不管。

不過，士織又能為他做些什麼呢——

「……！對了，搞不好行得通——」

士織靈光一閃，肩膀一顫後，從帶來的紙袋中拿出「某樣東西」。

「十流！恢復原狀吧！十流……！」

然後發出蘊含祈禱的吶喊聲，同時向十流伸出手。

於是——

「…………嗯，唔……嗯唔……這、這是……」

十流咬了一口士織遞出的東西後，立刻露出吃驚的表情抬起頭。與此同時，原本籠罩著他的氣息煙消雲散。

「餅……乾……？」

十流反覆品嚐舌頭感受到的滋味，並且發出聲音。

沒錯。士織遞給十流的東西——正是她親手烤的餅乾。

雖然完全搞不懂所謂的反轉是什麼樣的現象，似乎是因為不小心讓餅乾掉到水裡造成的。既然如此，只要讓十流吃餅乾，或許就能讓他恢復原狀吧。

「嗯。其實……」

士織有些猶豫地說著，打開她帶來的紙袋。

袋子裡裝滿了好幾包餅乾。

「什麼……這是——」

「啊哈哈……其實我烤太多了，本來打算送給大家。但是你們情緒太高漲，我不好意思潑冷水……」

士織「啊哈哈」地苦笑後，一臉抱歉地縮起肩膀。

「真是抱歉……要是我一開始就說出來，事情就不會演變成這種地步了……」

「……不，我才應該跟妳道歉。看來給妳添麻煩了。不過——」

「咦？」

士織歪過頭後，十流露出太陽般的笑容。

「——士織烤的餅乾果然超級好吃的！」

◇

「──餅乾爭奪戰啊。啊哈哈，感覺很有趣呢。」

拉塔托斯克學園的學園長室內。

五河麻琴坐在椅子上，愉悅地笑道。

「是的。十流一度差點反轉，但因為士織靈機一動，才平安無事。」

如此說著的是站在麻琴右邊的高挑美女──神無月恭子。她是拉塔托斯克的副學園長，對尚未變聲的少年的膝蓋後側異常執著。

「雖然進度緩慢，也算是有進展了……吧？那麼，士織究竟會選誰呢──」

「──不能再拖下去了。還有一年半就要畢業，士織必須在畢業前選出新郎才行。」

緊接著回答麻琴的是站在他左邊的少年。

乍看之下就是人類──然而，並非如此。

是拉塔托斯克學園引以為傲的美少年ＡＩ「瑪利歐」，透過對人用的人體介面對話。

「我知道。不過，太焦急也不好吧？情急之下選出的對象，未必是最佳的新郎。」

「你說得有道理。不過，若士織在畢業前沒有選出對象，果然還是由我這個不才的瑪利歐當她的新郎吧。Here we go！」

「『果然』是怎樣啊。又在亂說……」

「Mamma Mia。那麼，如果士織到最後都沒有選出新郎，你打算怎麼辦？」

「咦？那當然是——」

「當然是怎麼樣？」

「……沒、沒什麼！」

瑪利歐目不轉睛地窺探麻琴的臉龐。麻琴羞紅著臉頰移開視線。恭子「呼！呼！」地喘著大氣，注視著這幅光景。

就在麻琴等人做著這些事情的時候，突然響起「嗶嗶！」一聲，隨後嵌在學園長室牆上的螢幕投影出畫面。

『——嗨，你好啊，五河學園長。』

「……！理事長！」

麻琴肩膀一震，反射性地站起來。恭子與瑪利歐也立刻挺直身子。

螢幕上顯示的是一名坐著輪椅，氣質優雅的老婦人，與隨侍在側的眼鏡男——他們分別是拉塔托斯克學園理事長艾莉莎白·伍德曼，與她的祕書格連·梅瑟斯。

『呵呵，用不著那麼緊張。坐下吧。』

「是……」

麻琴聞言，再次坐回椅子上。

於是，艾莉莎白露出柔和的笑容接著說：

『所以，你姊姊的狀況如何？有喜歡的人嗎？』

「是……她現在與十二名男學生，還有男教師，處於特別親密的狀態。我想一定能從中選出新郎。」

「你倒是若無其事地把自己也算進去呢。」

「……你可以安靜一點嗎！」

瑪利歐從旁插嘴。艾莉莎白面帶微笑望著這幅情景。

不過，她馬上又垂下視線，深深嘆息道：

『……我對你姊姊很過意不去呢。畢竟算是半強制地逼她選出人生的伴侶。』

「您別這麼說。我十分明白這件事足以左右這所學園，甚至是這個世界的命運——倘若〈樂園的聖女(Eve)〉沒有遇見〈新郎(Adam)〉，這個世界會——」

『……是的。所以才需要你們——她還不知道自己的使命與命運吧。不過，她總有一天會察覺的。為此必須找出〈智慧果實〉，在終焉的鐘聲響起前——』

「交給我吧。我不會讓ＤＥＭ學園的艾琳．威斯考特與亞連．梅瑟斯稱心如意。〈守護者〉

與〈蛇〉必須——」

「雖說不用回收，但未免也埋下太多隨便的伏筆了吧？」

「……你可以安靜一下嗎！」

麻琴忍不住大聲斥責再次插嘴的瑪利歐。

就在這個時候——

學園長室響起尖銳的警報聲。

「……！怎麼了，瑪利歐？到底發生什麼事？」

「——確認市內發生空間震動。有人打算現身在這個世界。」

「什麼……！難道是——」

麻琴屏住呼吸，艾莉莎白便微微皺眉。

『……來了嗎，〈阿尼瑪斯之器〉？那麼……我們〈聖女〉的選擇會是——』

◇

「————咦？」

從拉塔托斯克學園回家的路上。

士織突然停下腳步，仰望天空。

沒來由地有種會發生「什麼」的預感。

於是，下一瞬間——

「呀……！」

士織不禁用手臂擋住臉，發出哀號。

因為道路前方的空間突然歪斜扭曲，旋即伴隨著一道強烈的閃光發生爆炸。

「什麼……究竟發生什麼事……」

數秒後，士織戰戰兢兢地睜開眼。

於是便看見剛才擴展在前方的街景像被橡皮擦擦掉似的消失不見。

事發突然，脫離現實的光景。

不過，士織只是呆呆地望著這片景象。

因為站在中心的人更加吸引她的注意力。

——那是一名少年。

穿著疑似制服的少年站在那裡。

他的相貌有些中性，五官柔和，可以感覺到他為人和善。

然後——有種每天早上都會打照面的強烈親切感。

「啊——」

細微的聲音參雜在嘆息中，隨後消失。

「——你是……」

士織怔怔地——

發出聲音。

少年慢慢將視線往下移。

「……名字嗎？」

聲音有如悅耳的旋律，震動著空氣。

「我叫——五河士道。」

「五河……士道……」

當天，對十流等人極其殘酷的命運齒輪開始轉動——

Afterword

後記

後記

大家好，我是羊太郎！

嘿！各位讀者！別說「咦？那是誰？」這種話嘛！

我是與《約會大作戰DATE A LIVE》的作者橘公司一樣在Fantasia文庫寫小說的生物，羊太郎！

這次基於同出版社的緣由與交情等諸多不方便透露的內情，有幸撰寫《約會》精選集的其中一篇！

我描繪的《約會》怎麼樣呢？

咦？角色個性不一樣？

節奏與氣氛不一樣？

十香和折紙才不會說那種話？

這、這請各位多多包涵！

《約會》裡的每個角色個性都十分鮮明，平常的說話方式、行動原理、思考模式都有獨特的節奏，除了橘老師以外，其他人無法輕易駕馭這些角色！像我這樣的凡人，怎麼可能完全依樣描寫出那些充滿魅力的角色呢！

所以，請有這樣的認知，就是我所描寫的《約會》終究是劣化的複製品，或是二次創作的作品！

姑且先不提這個了。

話說，用不是自己作品的角色來寫故事，實在是非常有意思呢（當然也經過一番苦戰）！可以做自己的角色沒辦法做的事，又能獲益良多。

下次還有機會的話，我還想參加這類的企畫。

所以，希望我寫的《約會》能讓《約會》的粉絲看得開心。

請多指教。

羊太郎　Taro Hitsuji
作家。代表作有《不正經的魔術講師與禁忌教典》、《上古守則的魔法騎士》等。

後記

我是志瑞祐，這次有緣為《約會大作戰DATE A LIVE》精選集執筆。

最初收到執筆精選集的提議時，我既開心又緊張。

畢竟說到《約會》，是富士見Fantasia文庫的代表系列作，也是我最愛的作品。加上執筆陣容的其他老師也超豪華，雖然擔心自己是否有資格加入這樣的陣容，但難得有機會與最愛的作品合作，便抱持著向橘老師討教的心態執筆。

我和橘老師出道的出版社不同，但幾乎算是同期，已經有十多年的交情。真是感慨萬千啊。

執筆時重新閱讀了《安可短篇集》，橘老師的短篇依然寫得非常精彩，到底要怎麼樣才能持久地寫出這種品質的故事，令我十分苦惱。而我所想的題材，橘老師也全都寫過了，我絞盡腦汁，最後決定寫個只有在精選集才能出現的有趣故事，那就是把精靈變成迷你四驅車。真的很感謝橘老師十分爽快地允許我寫這種異想天開的故事。如果我寫的短篇能帶給各位些許樂趣，本人將倍感榮幸。

最後恭喜《約會大作戰DATE A LIVE》堂堂完結。

所有伏筆都收完，最高潮的完美落幕。
我超級期待動畫第四季的播出！

志瑞祐　Yu Shimizu
作家。代表作有《精靈使的劍舞》、《聖劍學院的魔劍使》等。

後記

我是東出祐一郎，目前正在執筆《約會大作戰DATE A LIVE》外傳《約會大作戰DATE A BULLET 赤黑新章》。雖然書寫的篇幅不長，很榮幸可以參加這次的精選集創作！

這次的創作概念是本篇沒有的夢幻對決＋不可能的搭檔對戰。VR真是厲害呢。

其實在自己的《約會大作戰DATE A BULLET 赤黑新章》中登場的主要只有時崎狂三（別名人偶模型女王），其他精靈因為故事的關係，連名字都沒有出現。

因此這次寫了士道、十香、七罪、四糸乃與其他較無緣的角色，但寫作過程實在非常艱辛，因為說話語氣完全不一樣，不知道該怎樣修改才能符合十香、四糸乃、七罪的風格，橘老師救救我啊！這篇短篇就是我哭著求救，好不容易生出來的作品。

總之，《約會大作戰DATE A LIVE》也順利完結，我想這本精選集出版時，《約會大作戰DATE A BULLET 赤黑新章》也已經發售，或是即將發售。

還有還有，這本書出版時，傳說中的動畫應該也會釋出一些情報吧！敬請期待完結篇尚早的

《約會大作戰DATE A LIVE》。請大家多多支持！

東出祐一郎　Yuichiro Higashide

編劇。代表作有《Fate/Grand Order》（劇本）、《Fate/Apocrypha》（原作與動畫腳本）、《約會大作戰 DATE A BULLET赤黑新章》等。

後記

首先我要以謝辭的名義下跪。

橘公司老師明明再三強調是短篇，我還寄了稱不上短篇的百頁作品過去，真的十分抱歉。富士見Fantasia文庫，明明是初次合作，我還壓線交稿，而且交出的是稱不上短篇的百頁作品，真的真的非常抱歉。我藉由這個機會，向這次精選集短篇的相關人員致上誠摯的謝意與歉意。

執筆前我真的打算在五十頁以內結束的。寫到攻略折紙時，我還得意洋洋地想：「喔，寫到這裡三十頁！五十頁完結根本綽綽有餘！」結果卻事與願違。

稍微寫些正經的，其實我是第一次執筆其他作品的精選集短篇，非常感謝橘老師和富士見Fantasia文庫讓一竅不通的我自由發揮。我自己也寫得非常開心，這次的體驗刺激又十分寶貴。

我自己作品的遊戲也有幸與《約會大作戰DATE A LIVE》深入合作，在我心中既是偉大的前輩，同時也是我很喜歡的故事之一。尤其因為這次是以六喰為主角撰寫短篇，我熟讀了原作系列中的第十五集〈家人六喰〉，還因為貼滿了便利貼，而且被我翻到髒掉，就買了第二本。

老實說，我自己也很愛《約戰》，所以現在也很害怕是否會被鍾愛《約戰》的各位讀者抱怨：「詮釋得不對。」「設定太嫩了。」「六喰才不會說那種話！」雖然抱著會被酸也是理所當然的心情……

如果各位讀者理解這是「熱愛約會大作戰的阿宅所寫的二次創作」——能夠多多包涵就好了。

最後，真的很感謝對於不顧忌神原作，戰戰競競詢問「可以取真實路線這種標題嗎……？」的大森，欣然允諾「完全沒問題啊！」的橘老師。從今以後，我會默默全力支持《王者的求婚》與《約會大作戰DATE A LIVE》等作品。

也會看第四季動畫喔～～！

可以看見會動會說話的六喰！

唔喔喔喔喔喔，六喰～～！拜託用【解】分解分子，讓我變成這世上最幸福的粒子吧～～！

大森藤ノ　Fujino Omori

作家。代表作有《在地下城尋求邂逅是否搞錯了什麼》、《在地下城尋求邂逅是否搞錯了什麼外傳 劍姬神聖譚》、《杖與劍的魔劍譚》等。

後記

想要精選集是自由的，
原作者就必須最自由——

橘　公司

可能有點太過自由了。

好久不見，我是橘公司。各位覺得〈女性向士織〉如何呢？如果你們喜歡本篇，將是我莫大的榮幸。

這個故事是基於二〇二一年四月一日的愚人節企畫《約會大作戰 Girl's Side》而寫成的。當初是說好玩的，但也參雜了真心。因為設定跟插畫我都很喜歡，這次能以這種形式寫成短篇小說，真是太好了。只是，我沒有說要寫續篇。但老實說，我很想看看那些沒被畫出來的少年們的插畫。

那麼，為了慶祝《約會大作戰DATE A LIVE》十週年而企畫的本作《約會大作戰 DATE A LIVE ANOTHER ROUTE》，很榮幸邀請到許多知名的人氣作家與插畫家參與創作，真的非常感謝各位。

羊太郎老師，感謝您提供如此精彩的短篇故事。十香與折紙鬥嘴的場面有種《約會》初期的氣氛，令人懷念。十香減肥記以短篇來說，是非常經典的題材，卻寫得很有羊太郎的風格，功力了得。

志瑞祐老師寫的短篇令人不禁覺得：七罪果然超讚的啦！雖然題材非常天馬行空，但整個故事統整得很漂亮，細節的小笑點也讓人感受到專業。機會難得，我要選這臺BEA◯ SPIDER！

東出祐一郎老師寫過很多次狂三，但東出老師描寫的其他角色都很新鮮有趣。瑪莉亞的言行舉止有點像響，我很喜歡（笑）。這篇短篇在能力戰設定方面改動得很巧妙，出類拔萃。

大森藤ノ老師，感謝您寫出充滿對六喰的喜愛與熱情的短篇（短篇……是短篇嗎？），是非常淒美的故事。老實說，我當時一邊寫著互相碰撞的大胸肌，一邊思考這個故事是不是應該放在壓軸比較好。十分感謝。

森沢晴行老師，在《蒼穹女武神》這部作品承蒙您關照了。謝謝您畫出如此精美的六喰。以月亮為背景的黑旗袍兔女郎六喰實在是太性感了，根本是屬性與性癖之集大成嘛！我想喜歡六喰的大森老師會感動得啜泣。

ＮＯＣＯ老師，在《約會大作戰DATE A BULLET 赤黑新章》這部作品承蒙您關照了。微笑的二亞太迷人了！這麼可愛的女生不可能笑得像個大叔一樣。而超快被收藏在書架上的，竟然是《つなこ畫集SPIRIT》。逃不過我的法眼。

はいむらきよたか老師，在《為了拯救世界的那一天 - Qualidea Code -》這部作品承蒙關照了。謝謝您畫出帥氣可愛的狂三！聽到顯示不同時間的無數時鐘代表分身時，不禁讚嘆這點子真是太天才了。咻……

つなこ老師，在《約會大作戰DATE A LIVE》&《王者的求婚》這兩部作品承蒙您關照了。非常感謝您畫出精美的書衣和各話的插畫！不好意思，在最後的故事要求您畫出奇怪的插畫。不過，實在是太棒了。帥哥的肌肉很養眼。

另外，美編草野、責編、負責女性向士織一部分角色原案的有坂あこ老師，以及編輯、出版、通路、販售等所有相關人員，和拿起本書閱讀的各位讀者，向你們致上由衷的謝意。

那麼，後會有期。

橘公司　Koushi Tachibana
作家。代表作有《約會大作戰DATE A LIVE》、《王者的求婚》等。

約會大作戰DATE A LIVE 安可短篇集 1~11 待續

Kadokawa Fantastic Novels

作者：橘公司　插畫：つなこ

約會忙翻天！精靈們變回人類，
迎向結局之後的光輝未來。

為了十香一人舉辦的畢業典禮；「第三名」八舞與耶俱矢＆夕弦的決鬥；因為二亞的一句話，開始想像與未來伴侶新婚燕爾的婚禮；成為高中生的七罪參選學生會長，用盡手段想讓自己落選？另外，崇宮真士與澪和士道等人相關的「重要事物」是──

各 NT$200~260/HK$60~87

約會大作戰DATE A LIVE 官方極祕解說集 1~2

Kadokawa Comics Illustration

編輯：Fantasia文庫編輯部　原作：橘公司　插畫：つなこ

《約會大作戰》官方解說集再次登場！
精靈情報＆橘公司×つなこ訪談＆珍藏短篇！

《約會大作戰》官方解說集第二彈！內容包括於作品後半登場的精靈們的能力值和天使設定，以及所有精靈生日等獨家新情報。還有橘公司×つなこ的雙人訪談、原作者挑選出《安可》系列中的十大排行等！這次也毫不吝惜地完全收錄各種珍藏短篇！

各 **NT$230~260/HK$70~87**

國家圖書館出版品預行編目資料

約會大作戰DATE A LIVE ANOTHER ROUTE/橘公司, 大森藤ノ, 志瑞祐, 東出祐一郎, 羊太郎作；Q太郎譯. -- 初版. -- 臺北市：臺灣角川股份有限公司, 2023.04
譯自：デート・ア・ライブ アナザールート
ISBN 978-626-352-376-0(平裝)

861.57 112001324

Kadokawa
Fantastic
Novels

約會大作戰DATE A LIVE
ANOTHER ROUTE

（原著名：デート・ア・ライブ　アナザールート）

2023年4月19日　初版第1刷發行

作　者：橘公司、大森藤ノ、志瑞祐、東出祐一郎、羊太郎
插　畫：つなこ
譯　者：Q太郎

發 行 人：岩崎剛人
總 編 輯：蔡佩芬
編　輯：孫千棻
美術設計：吳佳昫
印　務：李明修（主任）、張加恩（主任）、張凱棋

發 行 所：台灣角川股份有限公司
地　址：104台北市中山區松江路223號3樓
電　話：（02）2515-3000
傳　真：（02）2515-0033
網　址：www.kadokawa.com.tw
劃撥帳戶：台灣角川股份有限公司
劃撥帳號：19487412
法律顧問：有澤法律事務所
製　版：巨茂科技印刷有限公司
ISBN：978-626-352-376-0